최적의 균형

1장 <최적의 시>

First 11p

낭만의 시대 13p

마음을 전해요(가만 있자, 따뜻한 물수건이 어디 있었지?) 15p

별빛의 향연 17p

확대되는 너의 모습 18p

수수하고 조금은 담백한, 그런 꽃 19p

지금도 끝나지 않은, 우리들의 21p

라이크어스타 23p

너에게 24p

세 개의 겨울바다 25p

구름아, 동심의 세계로 28p

욕망이라는 이름의 XX 31p

차가운 온기 35p

상대적 인간 36p

어쩔 수 없는 사람들 37 p

기대하지 않는 방법 38p

바람에 관한 우리들의 39 p

거봐 수요일이 최고야 42p

팔씨름 43p

다짐한다. 진짜 입술을 꼭 깨문다. 44p

위험은 항상 도사리고 있지 45p

삶의 열정은 때로는 광기로 47p

기 막힌 이별 49p

301번 버스 이어폰에는 눈 내리는 재즈 피아노 음악이 52p

관념적인 고양이 55p

위하여 56p

자주보는 문장이었겠다 57p

곧, 곧 58p

악연을 견디면 운명이 찾아온다. 59p

알고 있어요? 61p

2장 <최적의 사랑>

자만추 64p

우체동 그리고 편지 73p

우아한 축하 78p

미드나잇 인 강남 86p

조용하고 부드럽게 94p

그 둘만의 언어 98p

이쁜 것 106p

다시 빛나는, 111p

3장 <최적의 균형>

최적의 남자 119p

4장 <사실 우아하지 않은 세계>

사실 우아하지 않은 세계 153p

꿈을 이용하는 사람들 156p

배우 지망생 K와 J의 다이얼로그 162p

황당한 오디션 165p

믿겠냐고 172p

다음날, 그 문자 182p

서울의 밤 S의 다이얼로그 192p

허상 195p

나 보고 싶어? 202p

얼굴이 209p

우아하지 않은 세계의 잔다르크 213p

내 감정 속에 살고 있는 최적의 균형을 찾아서

최적의 균형

<프롤로그>

어차피 이건 내 인생이니까.
지극히 개인적인 나의 인생이요.
죽을 고비나 어떤 순간이 찾아온다 해도,
이건 나의 숨이니,

나 자신에게 충실해야 해요.
살다 보면 설명 안 되는 일도 가끔 일어나고,
모든 것을 완벽히 할 수도, 그럴 필요도 없습니다.

그저 시간이 흘러 돌이켜보았을 때,
내 자신에게 떳떳하고 재미있었으면.
그렇다면, 그걸로 되었습니다.

자기 자신에게 집중하고, 사랑해줄 수 있다면야.
그걸로 되었습니다.

그대여,
전 이렇게 말해드리고 싶어요.

충분히 할 만큼 했다고.
지금도 하고 있다고.

당신의 감정 속의 감성의 최적의 균형을 찾아 보아요
같이.

혹시 시간이 좀 있나요?
잠깐만 일루 와서 조금만 책을 들척들척 해 보아요.
들척들척.
들썩들썩.

안녕, 반가워요!

1장. 최적의 시

first

모든 소설의 첫 문장을 지지한다.
모든 이야기의 첫 시작, 첫 페이지의 첫 줄, 첫 문장을
진심으로 사랑한다.

어떤 이야기가 시작하는 그 순간을 진심으로 지지한다.

선물의 리본을 스르르 풀어내는 일 같아
설레임을 동반한 간질간질한 짜릿함의 순간을
나는 사랑한다.

그들은 그렇게 만났고,
그렇게 시작되었고,
때는 겨울 이였다는,

모든 소설의 첫 문장을 동경한다.

우리에게 누군가와의 첫 문장은 어떠한가.

첫 문장의 그 느낌처럼 계속 해서 소설처럼 꺼내어 다시 읽을 수 있다면,

조금은 덜 미워하지 않았을까.

낭만의 시대

이 밤이 너무 답답허여
나는 시를 쓸 수 밖에.
이렇게 말해도 될까.
정말 그 수 밖에는.

이 시대의 시 라는 것은 사라졌고 낭만으로 꽉 차있던
흰 구름 또한 사라졌소.
이제는 그 공간 속엔 먼지들로 가득히.
가득히, 가득하게 많은 것들을 에워싸가고.
아.
쉽사리 끝날 것 같지가 않소 이 밤이.
핸드폰 속 세상은 참 시끄러울 때가 있소.

낭만이란 환한 햇볕이었는데
나의 멜로디가 들렸던,
하이얀 환희였는데
이제는 그런 것들이 희미해져가네.

무엇이 있었던 걸까 그때는
지금 그 똑같은 길들을 수십 번이고 지나쳤는데도
잘 모르겠소.

이곳은 똑같은데
나는 바뀌어 있다.
그리고 그 한낮의 햇볕 또한 바뀌었고

그렇게 잠재웠건만
언제 이 서글픔들이.

야아
시야 시답게 써져라.
욕망이 다 집어 삼키기 전에 너라도 숨어있어야지.
그래야지.

휴.

마음을 전해요
(가만 있자, 따뜻한 물수건이 어디 있었지?)

생각해보면 살아온 날들이 대견하고 신기하다.
매일 아침 새로운 무언가를 원하고 시작되길 기대하지만 쉽지 않아.
그럼에도 불구하고
부단히 노력해 온,
지금까지 살아온 날이 대견하다는 생각이 문득 들어서
진심으로 박수를 쳐주고 싶다.

너무 대단하다고,
이 험난한 세상 속에서도
그대는 여전히 타인에게 웃어주고,
이야기 들어주는 그 모습이
감동스럽다고.

따뜻한 물에 수건을 적셔서
그대의 어깨 위에 올려주고 싶다.

어릴 적부터 엄마는 아프다고 하면
항상 그렇게 해줬거든.

따뜻한 물에 수건을 적셔서
어느 날은 배에,
어느 날은 다리에,
어느 날은 어깨에,

지친 당신에게 선물해주고 싶다.

이 글을 읽는 동안
무궁한 위안을 받기를.

가만 있자, 따뜻한 물수건이 어디 있었지?

이렇게나마
마음을 전해요.

별빛의 향연

때는 9살,
아름다운 노래가 흘러나오며
고구마를 구워 먹으며
돗자리에 하늘을 보며 누워서
밤하늘의 별빛의 향연을 바라다보며

'행복이란 이런 것이구나'

확대되는 너의 모습

비가 촉촉히 오고 있어.
너의 뒷모습을 바라보며,
점점 그 모습이 가까워져.

어깨를 톡톡 치네.
뒤를 돌아보며 나를 보며 환하게 웃는 너의 모습에.

아, 반했다.
반하고 또 반해간다.

내 마음속에 점점 확대되어 지는 너의 모습에.
마음 한 구석이 붉게 여민다.

비는 계속되고,

너의 그 모습.
너의 그 자체.
그런 너에게서 오는 비를 그냥 다 맞아버렸다.

수수하고 조금은 담백한, 그런 꽃

아름다운 꽃들을 하나씩 어루만져요.
각기 향도, 색도, 모양도 다르지만 모두 자신만의 매력을
품은 아름다운 꽃들이.

화려한 장미가 있는 반면에
어느 꽃에도 같이 곁들이면 좋을
조금은 수수하고
조금은 담백한 꽃들도 있어요.

그래서 조화를 이루죠.

반짝이거나
화려하지 않아서
여러 꽃 들과의 어울리며 더 아름다움을 주는.
그런 꽃들이요.

그렇기에, 그런 꽃들이 좋아요.
수수하고 조금은 담백한, 그런 꽃

모두가 더 아름다워질 수 있게.
그런 사람이 되고 싶어요 나는.

지금도 끝나지 않은, 우리들의

수많은 열정과 망설임의 시간들로부터
치기어린 나의, 그리고 우리들의 도전의 기억들로부터

각종 아름답고도 차갑고 깊었던 블랙홀에 빠져
이따금씩 찾아왔던 바람 한 점 불지 않았던 진공포장 속
상태까지.

궁금해, 우린 그 안에서 무엇을 잃고 무엇을 얻었을까.

가장 중요한 것은 지금도 이 흐름들은 우주의 흐름처럼
파도의 흘러 감처럼 자연스럽게 또 흘러간다. 넘실넘실.

약속해. 그 어떤 상황이 와도 나를 토닥여 줄 거라고.

길지 않은 이 생에서, 내가 할 수 있는 가장 현실적인 선을, 반짝이는 꿈을 향해 던졌던 증거를 남겨 놓으자.

친구들아, 계속 멈추지 말고 꿈을 꾸자.
안되면 뭐 어때, 그때도 너무 재밌었자나.

깔깔거리며 잔뜩 긴장도 하고 그러면서도 무럭무럭 성장하며 행복했었던 그때,

그리고 지금도 끝나지 않은.

라이크어스타

20대때,
Corinne Bailey Rae 의] like a star
참 많이 들었었는데,

거짓말 같게도 그때는,

밤하늘의 별과 사랑과 추억에 낭만을 꿈꾸며
잠 못 이루었는데.

너에게,

아스라히 먼 곳으로부터 안부를 보낸다.

나는 이곳이 조용해서 좋아.
사실은 내가 지금 삶을 살고 있는 건가 모를 때가 있어.
이렇게 그냥 흘러가고 있어.
그런데도 그곳보다는 이곳이 더 좋을 것 같다는 예감이 들어...
잘 살아야 하는데 그렇지?
지금은 내가 살아내야 해.
더 이상 이렇게 나를 방치해 둘 수 없어.
아프면 안되 이제.

시간을 아름답게 써야 해.
아름답게.

앞으로 더 그래야 해.

세 개의 겨울바다

겨울바다 버전 1

반짝였던 그 찬란했던 바다들 또한 어둠 속에 묻힐까 했지만 그렇지 않았다. 계속해서 한 순간도 쉼없이 움직이고 있었다. 지금까지도 바다는 그렇게 숨을 쉬고 있었다. 내가 듣지 않았던 거지. 정말이지 눈물이 날만큼 아름다웠고 감사했다.
2017.12.18

겨울바다 버전 2

잔잔하고 평온하게 흘러가는 물결의 흐름을 보고 있다. 얄미울 만큼 그간 아무 일도 없었다는 듯이, 너무나도 아무렇지도 않은 느낌으로 평온하게 해를 받들며 유유히 자기 갈 길을 가고 있다.

그래, 맞다. 지금 이 북받치는 감정도, 열정도 또 바다처럼 흘러가고, 또 새로이 흘러가고
내 심장 박동수처럼 멈추지 않고 그렇게 계속 두근두근,

찰랑찰랑, 자연스럽게 흘러가겠지.

이 녀석들은,
그 어떤 일이 있어도
모른척 해 줄 것이다.

그러니 언제든, 누구와 와도 좋다.

갈매기에게 인사하며 삼삼오오 겨울바다 앞에 있는 사람들을 보고 있노 라면, 그 어떤 이야기들이 시작되는 듯하다. 우리가 사랑하고 증오하는 삶의 이야기들이.

겨울바다에는 이야기가 있다.
2020.12.9

겨울바다 버전3

누구도 들어 갈수 없는 겨울바다가 좋다.
가만히 서서 산호 빛으로
동화 속에 나오는 바다 색을 바라보며.

고요한 겨울,
풍부하게 가득 채워지는 바닷소리를.
끊임없이 밀려오고 또 다시 밀려오는
우아한 파도소리를.

가슴 속 소라껍질을 만들어 넣어놔.

이내를 바라보며
하염없이 날아가는 새를 보니
아, 이게 정말 행복이구나.

잔잔한 물가에 떠 있는
오리 한 마리를 유심히 보고 있으면
응, 이게 정말 행복이구나
그저 감탄하고
바라보는 일 밖에는.

2022.12.27

구름아, 동심의 세계로

그거 알아요.
기분 좋은 바람이 내 머리칼을 보드랍게 살랑살랑 간지럽혀요.

나의 두 손과 발을 번갈아 쳐다보아요.
완벽히
경쾌한 이 기분.
마음만 먹으면 날아 갈수도 있지 않을까 할 정도로.
가벼워.

맑은 하늘 아래
청량한 공기
춥지도 덥지도 않은 최적의 균형 잡힌 바람.

이번에 나는 하늘을 올려다보아요.

하늘에 커다란 알사탕 같은 몽글몽글한 구름들이
너무나 귀여워요.

좋아해요.
그런데,
저 구름을 만져볼 순 없을까.

이 언덕 끝에서 끝인 저기 저 위까지 단숨에 달려가면
하늘까지 좀 더 가까워질 것 같은데

좋았어!
그렇다면 저 커다란 알사탕들에게 닿을 수 있을지도 몰라요.

왼발, 오른발, 속도를 내
한 숨도 쉬지 않았어요.
나의 하늘을 바라보며
언덕을 힘차게 달려가요.

혹시라도 닿을 수 없다면,
날아가 볼게요.

완벽히
경쾌한 이 기분.

마음만 먹으면 날아 갈수도 있지 않을까 할 정도로.
가벼워서.

욕망이라는 이름의 xx.

이글거리며 감춰졌던 욕망의 분출로 글의 온기가 증발되어 버린 것 같다. 그 욕망은 갇혀 있을 때만 글속에서 반짝거리며 정체를 드러낸다. 그런데 몇주째 그 놈이 보이지 않고 있다. 내 안에서 꿈틀대며 난리를 치고 있었던 그 놈이. 증발돼 버렸구나. 그래 증발되어버렸어. 나의 깊숙한 무언가를 글에서 보여주려 했는데 어디로 갔지. 분명 여기 있었는데?

답답한 마음에 노트북을 닫아버리고 날카로운 바람이 불어대도 밖으로 나가서 좀 걸어야겠다. 좀 걷다 보면 다시 떠오를지도 몰라 그치. 저기 남쪽에서 냉동고 안에서 불어오는 듯한 매서운 바람이 세차게도 불어온다. 좀 더 따뜻해질까 겉옷을 더 여미어 본다. 바람은 멈출 생각을 하지 않고 계속해서 불어온다. 머리가 정신없이 흩날린다. 그러던 차에, 저 쪽 가게에서 빨간 네온사인이 깜빡깜빡대는 것이 따뜻한 온기마저 느껴질 듯해 얼른 발걸음을 가게 쪽으로 빠르게 옮겼다. 그곳으로 갈수록 음악 소리가 확장되어 들려온다. 가게 쇼윈도 앞에 섰을 땐, 이상하게 노랫소리가 희미하게 귓속에 맴돌며 감싸져 들린다. 이상하다 아까 이런 느낌의 노래가 아니었는데 하는데 노래가 이상한 이야기를 하기 시작했다.

<참, 가사롭기까지 하구나. 이제 와서 네가 나를 찾다니. 나는 너의 잘못된 선택으로 글이 아닌 다른 곳으로 분출되어 증발해버렸다. 그래서 지금 공기를 타고 다른 곳으로 흘러 다니는 중이다. 섹시하고 약속을 잘 지키며 지성미까지 갖춘 여자에게 가기 위하여 말이다. 그러던 중에 엊그제 새벽부터 누군가 나를 애타게 찾고 있는 소리를 들었는데, 그게 너였다는 사실에 분개한다. 가사롭기는. 결국은 그를 품에 안아 놓고선, 그에 대한 열렬한 열망을 글로 그려내고 싶어하다니. 참으로 가사롭구나. 애처로운 그리운 감정 따위는 다른 곳으로 증발되으니, 너는 나를 만날 수 없을 것이다. 언젠가는 다시 너에게 찾아 갈 수 있을지 몰라도 지금은 너는 나를 만날 수 없을 것이다.>

이게 무슨 이야기...하다가 혹시, 아. 그날......
혼자만의 비밀을 알아차리고는 무언가에 찔린 듯한 공포심마저 들기 시작했다.

그래, 나는 참으로 나약한 인간이다. 그렇게 노력했는데도 아직도 한참 멀었다. 나아질 수 있는 건가. 이건 불치병인 것 인가. 고칠 수 없는 것인가. 수많은 생각들이 어둠 속에서 먹구름 같이 밀려와 불안감에 사로잡혔다.

또 다시 배를 빼앗기고 바닷속에서 허우적대는 이미지가 연상된다.
허우적댄다. 허우적대고 있다. 또 다시.

이번이 벌써 몇 번째.

또 한번 내 안에 도사리고 있던 검은 욕망이 승리한 순간이란 것인가.

야,
욕망이라는 이름의 XX.

너도 알고 있잖아 진짜 사랑이 뭔지.
이거 사랑 아닌거 알고 있잖아.
욕망을 인정해서 더 힘들었던 밤.
그 욕망이 지배당할까 두려웠던 밤.

욕망!
그것은 인간을 잠깐 살아 있는 전율을 느끼게 하지만 영원히 죽이기도 하는 그것.

잠깐 반짝이며 살아가 즐거워해 이게 좋아?
어디까지 하려고?
욕망 따위한테 잠식당하는 순간들.

너도 알고 있잖아. 아주 정확히 알고 있어.

지리멸렬하고 치졸한.

권총 한발 총알 한발
땅 땅 땅!

아 진짜, 참으려고 했는데 말야.

<훗. 푸아. Good bye>

차가운 온기

브레이크가 고장 난 것처럼 멈출 수 없는 것들이 있어.

사랑, 질투, 돈, 중독, 광기, 사람의 온기를 향한 외로움.

멈출 수가 없다.
그것이 차가운 온기라 할지라도.

멈출 수가 없어.

그리고 집착의 끝을 본다.

상대적 인간

당신에게는
잠깐의 새빨간 시간을 선물하는 나

당신에게는
계속해서 하이얀 시간들을 선물하는 나

그래서 내게 묻는다.
지금 내 곁에 있는 그에겐 어떤 시간을
선물하고 있는가?

어쩔 수 없는 사람들

싫어져서 라기보다
너무 극도로 좋았고
너무 극도로 미웠던
그 사이사이의 시간들이 괴로워

그래서,
떠나보냈던 인연들

그래서,
후회하는가?

그렇기도 하고, 별로 아닌 것 같기도 하고.

온갖 기괴한 생각들과 순수하고 명료하며
투명한 생각들이 난무하는 밤

기대하지 않는 방법

기대가 상처를 동반한다더라.
그럼 기대하지 않는 방법이 있나?

기대하지 않으려면 지금 현재 상태를
담백하게 받아들이면 된다.

흠, 그래 맞아 너도 그냥 _____하고,
_____했고, _____하는
평범한 남자일 뿐인데 뭘. 안 그래요?

너란 사람.

바람에 관한 우리들의,

"바람을 피는 특정적인 유전자가 있다고 생각해.
 그게 그 사람한테 분명히 있어."

"있잖아. 바람에도 여러 가지 종류가 있다?"

"바람 피는 것도 여러 가지 깊이감에 따라 심각한 단계가 달라."

"어떤 사람은 다 버리고 그걸 쫓기도 하고, 그게 전부인 듯하게 불어오는 바람을 온전히 느껴버리고. 어떤 사람들은 이거는 이거, 저거는 저거. 분리 시키는 듯 하지만 둘다에게 친절하고 따뜻하게 모두에게 친절하고 따뜻하게 박애주의 스타일. 또 어떤 이는 아예 완전히 분리시켜켜서, 너는 너. 나는 나. 이렇게 딱딱 방을 만들어서 자신만의 체계를 만들어."

"되게 웃기지. 바람 핀다는 것."

"바람은 아주 비열하고 나쁜 거야. 상대방에게 극심한 상처를 남기는 치졸한 짓."

"그런데 사실 바람 피는 게 삶의 활력을 주기도 한데. 지친 삶의 쾌감. 혹은 위로."

"너 바람 펴 봤어?"

"내 주위에 부모님이 바람 펴서 이혼한 경우가 꽤 많더라?"

"내 친구도 그것 때문에 걸려서 이혼했어."

"결국 재판까지 가는 경우도 있더라."

"바람이 꼭 나쁜 걸까?"

"바람 피는 것, 나쁘다고 생각해?"

"내가 바람을 펴봤을 것 같아?"

"너는 만약 여자친구가 바람 피는 걸 눈앞에서 보면 어떻게 할거야?"

"휴, 나 본 적 있어."

"……예전에 길에서 완전 셋이서 딱 마주 쳤잖아."

"요즘은 드라마에 죄다 불륜 이야기야."

"그래야 재밌긴 해? 사실?"

"그냥 판타지로 즐기자."

"왜?"

"……"

"말그대로 '바람' 이니깐."

거봐, 수요일이 최고야.

수요일
이 좋아.
애매한
수요일.
샌드위치
수요일.

정신없는 월요일
아직멀은 화요일
벌써부터놀궁리 목요일
노는것도피곤하다 금요일
체력바닥 토요일
이상하게쓸쓸한 일요일.

거봐, 수요일이 최고야.

팔씨름

누군가 내려가면
올라가야 하는데,

중요한 것은
손을 맞잡고 있다는 거지.

이래서 좋아.

이기고 지기보다는
손을 맞잡고 있으니.

다짐한다. 진짜 입술을 꼭 깨문다.

왜 다짐은 자꾸 흔들리는 걸까.

화내지말자는 다짐,
침착하자는 다짐,
흔들리지 말자는 다짐,
더 나아지자는 다짐,
많이 먹지 말자는 다짐,
늦지 말자는 다짐,
사랑하자는 다짐,
용서하자는 다짐,
이해하자는 다짐,

왜 이렇게 다짐들은
어렵고,
흔들리는 걸까.

응?

위험은 항상 도사리고 있지.

솔직해진다는 것은
미움 받을 위험과
외로워질 수 있는 위험
다소 날카로워질 수도 있는 위험이 있다 해도,

대신 자유를 선사한다.

언제나 위험이 나쁜 것만은 아니다.

평범한 것을

특별하게

만드는 건

나 자신의 힘이다. 힘!

삶의 열정은 때로는 광기로

변모할 때가 있다.
헷갈리지 않아야 한다.

이것이 열정인가 아니면
그릇된 욕망이 빚어낸 광기인가.

너무 힘을 주어 괴로울 때는,
의외로 심호흡을 열 번 해본다.

그리고 솔직하게 물어보자. 나에게.

지금 이것은 열정이니
아니면
그릇된 욕망이니.

문득 나이 드는 게 서러워져
못난 생각들이 잔뜩 나다가도

수많게 스쳐 지나 갔던
욕심만 가득히 어렸던
그때의 나도 지금의 나도
다 나인걸요.

그래서 나는 지금이 좋다.
언제나 어떤 모습으로든

기 막힌 이별

기막힌 이별이었다. 그렇게 밖에 표현할 수가 없었다. 우리는 사람들 사이에서 헤어졌다. 그러기로 했다. 인적이 아주 많은 강남역, 사람들 한복판에서 마음의 준비가 되면 서로 맞잡고 있던 손을 내가 먼저 놓으면 그는 절대로 뒤 돌아보지 않고 앞만 보고가기로 했다. 나도 그 손을 놓고서 절대로 따라가지 않고 바로 등을 돌려 반대로 길을 걷기로 했다.

그 어떠한 이별의 말도, 약속도 할 수가 없는 우리는,
그냥,
우리의 이별을 이렇게 맞이하기로 했다. 인파 틈 속에서 서서히,

서로를 몰랐던 시절에는 그저 이렇게 많이 인파 속에서 서로를 스쳐 지나갔겠지.
문득 이런 생각이 드니 기분이 이상했다.

그의 손을 놓고 뒤를 돌아 반드시 지켜야 하는 약속처럼 뒤도 돌아보지 않고 성큼성큼 한참을 걸었다.

그렇게 몇개의 교차로를 지나고, 그렇게 길을 걷다가.

환하게 해가 내리쬐는 강남역 길 한복판에 섰다. 눈이 부실만큼 햇살은 따스하고, 길가에 커다란 나무들은 푸르르고 울창하다. 사람들은 어디를 그렇게 바삐 가는지 오며, 간다. 오가는 사람들 속에서 갑자기 서 있었다. 뒤에 아주머니가 짜증스럽게 밀치고 학생들도 할아버지도 오고 가며 바쁘게 나를 스쳐 지나간다. 그런데도 멍하니 물꾸러미 서 있었다. 한참을 그렇게 그냥 서 있었다.

울고 싶었지만 울지 않았다.
꾹꾹 참아냈다.
돌아서 다시 그 길로, 다시 손을 맞잡고, 다시 그를 보러 달려가고 싶은 마음도 꾹꾹 참아냈다.

꾹.꾹.꾹. 마음 속이 뻘겋게 타올라 간다.

하늘을 바라보았다.
파아란 하늘에 구름한점 없이, 따스한 햇살의 봄이 완연한 냄새가 타 들어가는 내 마음 속 냄새와 뒤엉켰다.

이별은 이렇게 우리의 수많은 시간을 한꺼번에 부정하는 듯 야속하게 스며들었다.

301번 버스
이어폰에는 눈 내리는 재즈 피아노 음악이.

네가 그리워질 때쯤 찾아올까.
아니 그게 아니라
네가 내가 그리워질 때쯤 찾아 올까.

네가 보고 싶어 질 때쯤 돌아올까
아니 그게 아니라 네가 내가 보고 싶어 질 때쯤 돌아올까.

어느 날 문득 갑자기 생각나

찾아 헤매 이다 안보이면
그리울까 네가
아니 그게 아니라 내가.

저 장충동의 신라호텔 건물 위로 뿜어 나오는 연기는
어디까지 도달할 수 있을까.

집으로 가는 버스 안,

열심히 게임을 해대는 일자 앞머리의 저 어린 여학생은,

사랑을 알까.

궁금한 것이 많아지는 오늘.

얼어 죽을 놈의,

너는 나를 사랑할 자격이 없다.
너 따위의 그 가벼움으로
내 이 진심을 쏟아 붙기엔
아깝다. 아까워 죽겠다고.
그래서 더 화가 나.
근데 화가 나니깐 더 신경이 쓰이잖아?
으 분해 죽겠다.
근데 더 분한 건 자꾸 핸드폰을 보게 되.
혹시 너일까 봐.

이 망할 놈.
온갖 욕을 해주고 싶다.

제발,
내 마음을 고귀하게 써보자.

고
귀
하
게

가치 있게,

사랑받아 마땅한 나에게.

폭주하는 기관차 같은
어긋난 욕망의 달콤함 따위에 속지 말아줘.
제발 부탁해.

힘든 사랑은 싫다. 이제.

관념적인 고양이

고양이에게는 신피질이 없어서,
고양이는 현재만 본다 한다.
고양이는 현재만 생각하는 거다.
고양이에게는 과거와 미래가 없다.

아 이렇게 부러울 수가.
고양이 너는 참 행복한 동물 아니냐.

위하여

그래, 위하여!
그래도 더 나아질 나를 위하여!
그래도 더 친절해질 사람들을 위하여!

그래, 위하여!
쉴 새 없이 술잔을 부딪치며 외치는 그 말.

좀 더 나아질 우리 모두의 시간들을 위하여!
좋은 사람도 나쁜 사람도 없고,
그저 순간순간들의 올바른 선택들을 위하여!

그저, 어차피 봄은 명백하게 올 수밖에 없다고
말해주고 싶을 뿐입니다.

자주 보는 문장이었겠다.

그는 당신을 사랑하지 않는다.
하지만 당신도 그를 사랑하지 않는다.

사실 당신은 그저 이 상황에 대해서
엿 같기 때문에 계속 온 신경이 쓰여 사랑이라고 착각하고 있는 것이다.

잘 생각 해보시길.

당신을 사랑해주고 아껴주지 않는 사람을?
세상에서 가장 당신의 편인 당신 자신이
사랑할 리가 없다.

그러니,
제발
착각하지 마라.

곳, 곧

눈물이 날 만큼 슬픈 날에도
나는 있어.
내가 있다는 건 싫어도 감사해야 하는 것 같아.

이 페이지가 넘어가면 또 다른 페이지가 있듯이,
지나가면 또 다른 역에서 내릴 수 있고도 다시 탈수도 있어.

순간이다. 모든 것이.

쌓아가는 것, 버릴 줄 아는 것도 나의 의지다.

모든 것은 내 용기에서 비롯되는 것,
곳, 이다.

곧, 나아지고 있다네.

악연을 견디면, 운명이 찾아온다.

드럽게 끝날 것 같지 않던 악당 들과의 관계에 지쳐
모든 것을 포기하고 싶어 질 때 즈음이면
슬며시 운명이 찾아온다.

악당들은 쉽사리 끌어내기가 힘들다.
지쳐 나가 떨어지며
모든 욕망을 내려 놓아야 한다.
내가 초라 해지는 것 아닐까 할 정도로
처참하게 너덜너덜해져야
끝이 난다.

그리고선, 선물이라도 주듯이
거짓말처럼

"악연을 견디면, 운명이 찾아온다."

힘을 기르자.
길러야 한다.

악당을 무찌를 힘을,
새로운 운명을 맞이할 힘을.
부디 내 자신이 이 모든 것을 해내주기를 바라고 또 바라!

알고 있어요?

당신도 알고 있는 거죠?
인생에서의 사계가 있다고 믿는 거죠?

봄이 오면, 여름이 오고, 그러다 가을이, 그리고 겨울이 찾아오고,
또 어느새 봄이 찾아옵니다.

그래서 당신도 알고 있죠?
이처럼 거스를 수 없는 명백한 자연의 법칙이 있다는 것을.

사실은 지금 내 인생이 겨울이라고 해도
봄이 존재하고 내 근처를 맴돌고 있다는 사실을.

그러다가 기필코 언젠가 내게 다시 찾아올 거라는 것도.

당신도 알고 있잖아요?

하지만 당신을 잘 알지도 못하면서 힘내라고는 안할게요.
미안해요.

그런데 정말, 다시 봄이 오긴 오더이다.

2장. 최적의 사랑

자만추

"나 자만추가 좋아요."
"아~나도. 나도 그런데. 자연스런 만남 추구."
"아~그거 아닌데?"
"........응?"
"에이~나는 자고 나서 만나는 것 추구 말하는 건데~?"

이야기를 듣자마자 볼이 벌겋게 달아올랐다. 순간, 왼쪽 머리통 쪽을 축구공으로 얻어 맞은 듯 얼었다. 갑자기 생각이 나는 건데, 초등학교 때부터 중학교 때까지, 그러니깐 남녀공학이었을 때까지 수업이 끝나고 운동장에서 친구들과 집에 가는 길이면 꼭 나만 축구공으로 머리나 등짝이나 여기저기를 맞았었다. 제일 아팠을 때는 아마 왼쪽 머리통을 맞았던 때였는데...갑자기 그때가 떠올랐다.

'큰일났다...이제 뭐라고 답해야 하는 거지...?'

어떨 결에 너무 당황한 나머지 테이블 위에 있는 애꿎은 휴지만 계속 뜯어 대고 있다. 몇 갈래로 갈기갈기 찢었다가도 다시 눈덩이처럼 동그랗게 뭉쳐놓고를 반복했다.

더 이상 찢을 휴지가 없자 민망한 듯이 이내 w를 바라보았다.

"혹시 부끄러워요 누나?"
"뭐가?"
"자만추 란 말 뜻을 못 맞춰서 인 거예요? 아니면 이런 얘기가 부끄러워서?"
"이런 얘기...가 뭐..?"
"음. 아니 섹스. 성적인 거 이런 얘기 좀 그런가?"
"아니. 나 전혀 괜찮은데? 나 그렇게 범생이 아닌데?"
"에이. 완전 소녀 같은데 누나? 보이는 거랑 좀 다르네."
"소녀...라니..."
"싫어요? 난 소녀 좋아해."

w는 기분 좋은 듯 웃으며 내 쪽으로 더 가까이 의자를 끌어와 앉았다.

"그래도 누나. 놀리지 마라. 알건 다 아니까."
"흠... 그럼, 나랑 오늘 같이 있을래?"

'큰.일.났.다.어쩌면 좋지. w에게 호감은 있지만 아직 그런 단계는 아닌 것 같은데. 이건 좀 이른 것 같은데, 오늘로 아직 두번 밖에 못 본 남잔데... 저말은 진심인가? 뭐지? 어쩌지? 근데 왜 싫지 않냐?....'

내 손에 있던 휴지는 이미 너무 만지작대서 더 이상 만질 수 없을 정도로 너덜너덜해지고 말았다. 이젠 왼쪽 머리통만 맞은 것이 아니라 오른쪽까지 맞은 것처럼 마비상태가 올 지경이었다.

"저기...난 너를..."
"너를 두 번 밖에 아직 안 봤고, 나도 너가 싫진 않은데 이렇게 쉽게 벌써부터 자버리면 너가 나를 쉬운 여자로 생각할 것 같고, 난 아직 준비가 안됐는데. 뭐 이런 건가 누나 속마음?"
"헉....! 너...무섭다..."
"진짜 귀엽네 이 누나. 나보다 다섯 살 많은 거 맞나?"

'와....어찌하여 내 마음속에서 하는 말을 다 읽는 거지? 역시 j에게 카톡 프사 사진 보여줬을 때 바람끼 많아 보인다며 얘 조심하라고 했는데...정말 여자 경험이 많나 보다. 완전 능숙해 보이는데...'

"음...보아하니 방금은 나에 대해 의심했네? 그치?
나 막 선수 같다고 생각했구나?"
"아...너 뭐야...진짜..."
"저기요 누나, 누나 표정에 다 써 있어서 그래요.
무서워하지 마세요."
"근데, 그... 누나라고 말끝마다 좀 안 부르면 안 돼?"
"응, 그럼 뭐라고 부르지? 애기? 소녀? 뭐가 좋아?"
"하...너가 부르고 싶은 대로 하세요..."
"오, 방금은 완전 졌다 졌어. 이 분위긴데? 지금은?"
"그만, 그만!"

w와 이야기를 하면 할수록 마음속으로 좀 웃기는 생각이 들었다.
'지금 내가 개미굴 같은 곳으로 빨려 들어 가고 있구나. 아, 사람은 이렇게 후루룩 빨려 들어가 권유하면 보험 가입도 해주고, 물건도 사주고, 돈도 막 빌려주고 그럴 수도 있겠구나...'
그러면서 자연스레 w의 얼굴을 찬찬히 들여다 볼 수 있었는데, 부드러운 생머리에 초롱초롱한 쌍꺼풀 없는 큰 눈, 오뚝한 코, 도톰하고 빨간 입술, 고놈 참 잘 생겼다 이쁘다 이뻐.

'윽...넌 이제 큰일났다...게임...끝났네...'
내 안에서 위험을 알리는 사이렌이 요란하게 울려댄다. 그때 갑자기 w가 얼굴을 좀 더 가까이 들이밀며,
"누나. 그래서 어쩌고 싶어? 우리 이거 다 마셨는데. 집에 갈래? 아니면 오늘 같이 있을래?"
"나...나는 술은 더 마시고 싶은데."
"술은 방 잡고 더 마시면 되지."
"나 그거는 안될 것 같애. 내가 좀..."
"누나, 나 누나 처음 볼 때부터 마음에 들었어. 나 여자 번호 물어본 거 태어나서 처음이라면 거짓말인데, 그래도 누나가 두 번 째야. 이건 진짜."
"아니, 솔직히 거기 사람도 많았잖아...왜 나였는지?
"음. 그건 오늘 나랑 같이 있으면 알려줄게."
"나도 사실 같이 있고는 싶은데....이거는 좀..."
"이런건 아름답지가 않나? 누나가 생각하는 연애 과정이 아닌가?"
"어머. 너는 어쩜 이렇게 잘 맞추니...소름...무섭다 너..."
"이 소녀, 진짜 둔한긴 둔하네."
"??"
"나 진짜 모르겠어? 나 우리 만난 데 포엠, 거기 세달 넘게 직원으로 일했는데...누나는 나 일하고 한달정도 전부

터 우리 바 오기 시작했고."

"아...? 마스크를 쓰고 있어서..어?...근데 그러고 보니깐 ...눈썹이..랑 눈이랑..어? 맞나? 아! 와...아..나..기억날 것 같아."

"언제 맞추나 했는데 진짜. 아무리 그래도 진짜 둔하네. 나 누나 올 때마다 같이 일하는 애들 한테 내 이상형이라고 하도 말해서 애들도 다 알 정도였어. 그래서 내가 서비스도 많이 갖다 줬는데. 진짜 둔하네 둔해."

"아....이고. 죄송합니다. 제 잘못입니다. 너가 일할 땐 마스크 쓴 얼굴밖에 못봐서..."

"귀여워."

"어? 근데 왜 처음부터 말 안 했어? 그때 파티 때 번호 물어볼 때부터?"

"그냥. 그러고 싶었어. 이렇게 만나면서 이야기 하고 싶었어. 뭐 다 이야기한 거 다 솔직하게 말할 게. 나 누나 좋아. 처음 말 시킬 때도 태연한척 했지만 완전 떨렸고 설렜고. 지금도 완전 떨려. 근데 안 그러려고 엄청 노력 중이야. 그리고 사귀자고 말하고 싶은데. 나는 누나를 계속 지켜봐서 잘 알지만 누나는 나를 잘 모르잖아. 그러니깐 섣부른 것 같아서 망설였어. 자고 싶은 건. 오늘 누나랑 섹스를 하고 싶은 게 아니라 같이 있으면서 빨리 친해

지고 싶어서 그래. 믿을지 안 믿을지 모르겠지만. 여자
를 아예 모르는 건 아닌데 그렇게 능숙한 편은 아니야."
"음...너 완전 솔직하구나?"
"누나도 솔직하게 말해주라."
"만약 내가 거절하면?"
"그래도 좀 더 따라다녀볼 건데?"
"만약 내가 받아주면?"
"같이 있고 싶어. 대신 누나가 하고 싶다고 할 때까지 괴
롭긴 하겠지만 섹스는 참을게. 약속. 그냥 같이 있고 싶어.
누나가 우리 가게 와서 친구랑 맛있게 먹고, 수다 떨고,
가끔은 혼자와 책도 보고 그럴 때마다 나도 같이 저 시간
을 함께 하면 진짜 좋겠다...그랬거든."
"고마워."
"어? 왜. 울려고 그래...내가 부담스럽게 해서?"
"아니...고마워서. 생각지도 못한 내 모습에 그렇게 생각
해줘가지구...이게...이걸..뭐라고 해야 하지?"
"감...동?"
"어! 맞어. 감동! 감동한 거 같아 나. 오늘 같이 있을래.
엄청 같이 있고 싶어졌어. 대신...그거는 좀 기다려줘..."
"누나가 우리 가게 올 때마다 항상 어딘가 모르게 쓸
쓸해 보였어. 밝아 보이지만 슬퍼 보이고. 그래서 내가 찜

으로 많이 웃게 해주고 싶어. 진심으로"

'사람은 무엇으로 치유 받을까,
사람은 관심과 사랑으로부터 치유 받는다.

3년 넘는 연애를 하고도 8개월 만에 다른 사람을 만나 결혼한다는 이야기를 듣고도,
정말 가족처럼 친했던 친구가 선의를 무시하고 나의 가족 이야기까지 나쁘게 이야기를 했다는 사실을 알고도,
어쩜 이렇게 힘들 수 있을까 하며 잿빛 세상을 만들던 시간도.

조금은 두렵지만 이렇게도 토닥임을 받을 수 있고,
힘들지만 한걸음 조금씩 다시 걸어가볼 수 있는 거구나였다.

나도 모르는 사이, 내 모습을 보고
이렇게 생각해 주는 사람이 있다는 것에.

나 또한 누군가에게 이런 관심과 사랑, 그리고 감동을 줄 수 있는 사람이 되고 싶다.' 라고.

많이 낯설지만 폭신한 침대에 한 이불을 덮고 함께 누워 곤히 잠들어 있는 w의 팔을 배며 생각했다.

'좀 어색하긴 하지만, 꽤 따뜻하군 오늘.'

우체통 그리고 편지

지나가다 우연히 발견한 빨강 우체통 앞에 서서 한참을 쳐다보다가 유주가 말했다.

"너 최근에 손 편지 우편으로 받아 본적 있어?
예전에 우리 집 주소가 적혀진 우표 붙여진 봉투에 편지가 오면 정말 설레었는데.

지금도 그 설렘이 기억날 정도로. 각자 자기 개성이 묻어나는 색색깔의 편지 봉투도 있었어.

신기하지 않아?
지금도 그렇게 할 수는 있는데 하지 않는 거잖어.
할 수 없는 것도 아닌데 이제는 하지 않는 것.

대체할 수 있는 것들이 많아도
그 설레는 기분을 대체할 수가 없는데도.

이제는 아직도 할 수는 있는데 마음이 할 수 없게 되었거든.

그게 참 신기하단 말이지…"

말하는 내내 그 눈은 조금 많이 슬퍼 보였다. 그래서 덩달아 나도 조금 슬퍼졌다. 그리고 갑자기 편지가 쓰고 싶어졌다. 멋있는 편지지에 손으로 예쁘게 글씨를 써서, 마음을 고스란히 담고, 좋은 향도 조금 베이게 한 다음 멋진 봉투에 넣어서 우표를 붙이고 주소를 써서 보내고 싶어 졌다.

"내가 써줄까? 유주야?"

유주가 나를 지그시 바라본다. 달콤하게 눈을 반짝이며 아이처럼 말했던 아까의 그녀가 아닌, 다소 차갑고 서리가 서려 있는 듯 변해버린 눈빛으로 말했다.

"아니, 쓰지 마. 대단하게 할 말 없으면 쓰지 말어."
"대단하게 할 말이라…예를 들면?"
"아 몰라. 됐어. 빨리 가자, 늦겠다."

그로부터 10년 하고도 4개월 뒤,
정확하게 그때의 그 우체통에 찾아와 넣어서 편지를 한 통을 보낸다.

대단한 할말을 적어 가지고.

<너무도 사랑했던 유주에게>

이건 나의 청첩장이다.

정말 치열하고도 아름답게 사랑했던 너에게.

네가 이 편지를 받을 수 있을지 너의 그때 그 집 주소가 그대로일지 난 아무것도 모른다.
다만 내가 잘 아는 것은 우리는 헤어졌고, 너를 9년째 보지 못했다는 것.
그리고 내가 결혼을 앞두고 가장 많이 생각나는 사람이 너라는 것,
내가 왜 이제 와서 이런 이야기를 하는지 모르겠지만 너를 참 많이 사랑했었다.
그래, 너를 참 미치도록 좋아했었다.
우리의 많은 추억들, 네가 늘 말했던 것처럼 영화처럼 떠오르는 것 같다. 장면 장면들이.
넌 늘 우리의 사랑이 영화처럼 되길 원했었잖아.

아름답기도 하고, 슬프기도 하게.
그 점에선 성공한 것 같다는 생각을 해.
그리고, 좀 웃긴 것도 있는데 우리 참 많이도 싸웠었잖아.

그런데 대체 뭐 때문에 우리가 그렇게 싸웠었는지
대부분이 다 거의 기억이 안나.

그저 너와 즐겁게 웃고 불이 타 들어가듯이 뜨거웠고 사방에서 빛이 터져 나올 것 같았던 우리의 사랑들. 에너지.
그런 것들이 생각이 나.
그때 우리 정말 어렸었던 것 같아. 그치?

유주야. 넌 잘 지내려나.
너라면 씩씩하게 잘 있겠지?
감성적이고 슬픈 눈을 가진 너지만 그래도 항상 넌 당당했어. 난 그런 네가 밉고도 좋았고.

이 편지를 받을지 모르겠지만
어디에 있건, 무엇을 하건, 나의 가장 치열하고도 아름다웠던 첫사랑의 너의 모습으로
자랑스럽게 당당하게 그렇게 행복하길 진심으로 바란다.

한 인간으로써,
그리고 동시대를 살아가다 서로의 첫사랑이 되어 주었던 우리를 위해서.

그리고 너라서, 너이기 때문에 행운이었어.
이 사랑에 후회 없다.

p.s
기억이 날지 모르겠지만 네가 전에 대단하게 할 말 있을 때 편지 쓰라고 했잖아.
그래서 보내.

우아한 축하

호텔 입구부터 눈이 부실정도로 화려한 산호초 컬러의 크리스탈 장식들이 천장 가득해서 마치 바닷속 마을이 있다면 이런 곳이 아닐까 싶다.
순한 맛의 옅은 청록 빛으로 반짝임이 하늘의 구름 크기들만하게 가득 메어 싸여 여기, 이곳을 들어서면서부터 꽤 근사한 느낌을 준다. 깔끔하고 부드럽게 깔린 카펫은 절제된 고급스러운 레드컬러로 마치 내가 시상식의 여주인공이 된 듯한 느낌에 사로잡히게 한다. 또각또각 그 위를 걸으니, 굉장히 세련된 기분으로 빠져들게 만든다.

다시 잠깐 서서 주위를 천천히 둘러보았다. 이 공간이 주는 분위기에 묘하게 취해 가는 것 같았다.

"안녕하세요? 체크인 도와드릴까요?"

약간 허스키한 저음의 목소리로 호텔 직원이 말을 걸어왔다. 깔끔하게 딱 떨어지는 블랙 상하의 정장바지 슈트, 움직일 때 마다 살랑살랑 속살이 보이는 약간 파인 V넥

실크 나시를 이너로 입고 있었고, 빨간 립스틱, 숏커트였다.

이 모든것이 허스키한 음성과 묘하게 어울리는 매력적인 조합이었다. 그리고 지금 이 호텔과도 완벽하게 어울린다. 감각적인 호텔 분위기에 정점을 찍었다.

"저 일단 여기 로비에서 좀 기다려도 될까요?"

이상하게 기분이 묘해진 나는 살짝 눈을 찡끗 하며 웃으며 쇼파를 향해 걸어갔다. 허벅지까지 오는 검정 니하이 부츠를 신고, 짤랑짤랑 소리가 나는 검정 스팽글의 스커트, 검정 목 폴라, 약간 초콜릿 컬러의 밍크, 말린 장밋빛 립스틱을 칠했다. 눈 화장도 살짝했다. 완벽한 듯했지만, 깜빡하고 귀걸이를 안하고 나왔네? 하는데 옷 주머니를 쑥 집어넣으니 진주 귀걸이 두 알이 손에 만져진다. 소파에 앉아서 하나씩 귓 볼에 꽂는다. 그리고 핸드폰을 만지작거린다.

이상하게 기분이 묘해진다. 저 쪽에서 엘리베이터가 열렸다. 느껴진다. 떨리는 마음으로 그쪽을 향해 바라보았다. 역시, 그와 바로 눈이 마주쳤다. 그리고는 그 특유의 치아가 보일 듯 말 듯 입술이 쭈뼛쭈뼛 수줍으면서도 눈이 반달이 되는 화사한 웃음을 띄며 나를 보며 걸어온다. 한 발, 두 발, 한 걸음, 두 걸음 ……

아마 이게 영화였다면, 효과음과 후광처리가 되어서 나오고 있겠지, 분명히.

"뭐야... 왜 이렇게 멋있어졌어...?"

너무 떨리고 수줍음 마음에 그의 얼굴을 똑바로 쳐다 볼 수가 없었다.

"안녕? 나 멋있어졌어? 너도 더 예뻐졌어. 원래도 예뻤지만."

현이도 분명 떨고 있었다. 말은 자신감 있게 했지만 분명 떨리는 음성이 느껴졌다.

"치, 그짓말?"
"진짠데?"
"잘있었어?"

"응...아! 생일축하해."
"너도, 생일축하해"
"내가 우아하게 축하 해주고 싶어서, 자 이거! 짠"
"와. 이거, 손 편지. 드디어... 완전 감동받았어, 나. 정말 우아한 축하야 이건."

빨간 봉투에 든 카드를 받아 들자, 가슴 속이 걷잡을 수 없이 요동치기 시작했다. 나만을 떠올리며, 나와 그 만을 생각하며 정성껏 써내려 갔을 그토록 바랬던 정성 가득한 손 편지다. 만난지 2년, 헤어져 있게 된 지 1년만에 재회 끝에 내 손에 들려진 이 우아한 편지. 쿵쾅쿵쾅, 이 소리가 들키지 않아야 할 텐데. 떨리는 이 심장소리가 밖으로 까지 들리지 않아서 다행이야.

반짝이는 산호초 크리스탈 장식 아래로 미치도록 눈이 부시게 빛나는 건 저 불빛 때문일까. 아니면 나를 바라보는 현이의 눈빛 때문일까. 아마도 눈빛 때문이겠지. 헷갈리는 끝에 '알게 뭐야 이렇게 환상적인데' 라며 이 환상적인 무드에 완전히 사로잡혔다. 완전히 압도당해 버리고 말았다.

"1년간 꿈에서만 보다가 이렇게 다시 실제로 보니깐 이상해. 어색해 쫌. 나 살짝 만져 봐도되?"
"응 만져봐. 꿈 아니야. 지금 우리. "

현이가 팔을 내민다. 피식 웃음이 나왔다. 그도 함께 따라 웃는다. 그러더니 덜컥 내 손을 잡고 손깍지를 껴서 꽈악 힘차게 잡는다.

"이젠 안 놔줄거야. 내가 더 잘 할거야. 너랑 떨어져 있는 동안 알았어. 우린 못 헤어져. 난 너 없으면 안 돼."
"그건, 그 얘긴...내가...내..가...1년동안 매일매일 듣고 싶었던 말인데..."

말을 잇지 못하고는 눈물이 미친듯이 터져 나왔다.
눈이 벌게 질 정도로 울었다.

"내가 미안해, 내가 너무 내 생각만 하면서 너를 만났어. 이기적이였어. 아직도 서툴 수도 있겠지만, 내가 더 배려하고 노력 할께... 오늘 나와줘서 고마워..."
"이제 그만 울어. 이럴 때 보면 아주 애기 같애 진짜. 근데 우리 여기서 이러지 말고, 이제 올라갈까? 가서 서로 생일 축하해주자."

"나 편지 읽다 또 울 것 같은데...어쩌, 화장 다 지워졌겠다. 나 지금 엄청 못 생겨졌지..?!"
"아니 넌 쌩얼이 훨씬 이뻐. 아까보다 더더더 이뻐!"
"또 그짓말 하네."
"이건 진짜"
"뭐? 그럼 다른 건 다 가짜야?"

서로를 바라보며 웃는다. 꽉 잡고 있던 현이의 손이 나를 붙잡고 자신 있게 향한다. 그 어디가 됐건, 이젠 이 손 절대 놓지 않을께.

오늘은
내 생일은 5월 6일 현이의 생일은 5월 7일,
하루 차이 나는 우리의 생일.

작년으로부터 딱 1년후. 딱 1년만의 만남.

지금 시간은 2011년 5월 7일이 되어가는 새벽 12시.

섹시한 호텔 로비의
사랑에 빠진 섹시한 커플의 1년만의 재회.

"우리, 딱 일년만 서로의 시작을 좀 갖으면 어떨까?"

그 날은, 이 충격적인 제안에 나는 계속 울기만 하며 아무런 말도 못하고 고개만 끄덕끄덕 였던 것 같다. 아무튼 우린 2년을 가까이 만나면서 너무 싸워서 잠깐의 휴식기를 갖게 되었다. 마치 휴전선처럼, 1년 뒤에도, 아직도 마음이 남아 있다면, 사랑할 자신이 있다면 서로의 생일 사이 5월 7일 새벽 12시에 바로 이 곳 로비에서 만나자고 했는데.

이렇게, 다시 만나게 된 우리.

어째, 다시 현이를 처음 만났을 때처럼 그때의 설레임과 신선함, 두려움이 한데 섞여 술에 취한 듯 어지럽다. 아니면 약간의 샴페인에 실로 조금 취한 것일까.

"여기 호텔 완전 멋있다. 괜히 설레어."
"내가 더 설레이게 해주고 싶어."

그날 새벽, 그가 내 안에 들어 올때마다
빨간 봉투 속

빨갛게 입술 프린트가 된 편지지 속
현이가 직접 쓴 글자들 하나하나가

내 몸 속으로 빨려 들어오는 것 같았다.

한 글자, 한 글자씩 빨려 들어와 볼펜으로 편지지에 꾹꾹
써 내려가듯, 내 몸 속에 현이의 몸이 '꾹꾹' 사랑을 써
내려 갔다. 그렇게 다시 내 온 몸은 현이로 새겨졌다.

미드나잇 인 강남

아주 오랜만에 새벽 12시가 다 되어가는 길을 친구 이선이와 걸었다. 대학교 때부터 강남은 추억이 많은 동네였다. 걸어 다니는 곳곳에 기억과 추억이 얽혀 있어 걸을 때마다 재밌는 이야기가 샘솟았다.

바에서 설거지와 청소를 했던 이야기, 그곳에 일하는 아가씨보다 청소부인 내가 더 돋보여서 난감했던 우스운 이야기들, 지하철 역 앞에서의 전단지 알바 이야기, 그러다가 동창 친구를 본 이야기, 저 집에서 한번 먹어 봤었는데 진짜 맛이 있었는데, 특히 저기는 스파게티가 맛있고, 요기 이곳에 갔을 때 어떤 잘생기고 모델 같은 남자를 봤었는데, 저기는 강아지를 파는데 일부러 작게 만들려고 먹을 것을 잘 안 주고 엄청 비싸게 판다는 등,등,등,등,등 이야기들은 그칠 줄 몰랐다. 그러다 그 일대에서 크고 유명한 산부인과를 지나게 되어 우리의 대화 화제는 자연스럽게 질염이라던지 스트레스, 건강, 여성 호르몬 이야기를 하다가 난자 이야기까지 하게 되었다.

"나 아는 언니도 난자를 얼려 놨어. 우리도 얼려 놔야 할 것 같애. 같이 가서 상담이라도 받아볼까?"
"그런데 너는 아기를 갖고 싶어?"
"응, 나는 엄청 갖고 싶어. 남자랑 결혼은 별로 기대 안되고 해도 그만이고 안 해도 그만인데. 아기는 꼭 하나 갖고 싶어. 그래서 잘 키워서 맨날 같이 다니고 싶어. 내 미니미"
"그럼, 넌 꼭 난자 그거 알아봐야겠다."
"응, 너도 같이 갈래? 근데 그거 드릅게 아프다는데. 비싸고. 한번 알아라도 봐야지."

우리는 난자이야기를 하다 또 자연스럽게 남자 이야기를 했다.

"너는 이상형이 뭐야?"
"나는 돈 많고, 일 열심히 하고, 자기 관리 잘하는 사람. 근데 나는 돌싱이여도 상관없더라. 사람만 괜찮으면..."
"나도. 돌싱이라도 상관없어. 그리구 돌싱 정말 많더라. 요즘은."
"그럼, 너는 애는? 돌싱이 애 있는 건 어찌 생각해?"
"흠....그건...나도 가끔 생각해봤는데 좀 힘들지 않을까?"

"나는 애에 따라 다를거같애. 애가 까칠하고 무섭게 굴면 나도 무섭겠지만. 정말 엄마품이 그리웠다던지, 친구가 필요 하다던지, 그런 애라면 나도 기꺼이 사랑해 줄 수 있을 것 같은데..."
"근데, 우리 엄마가 남의 자식 키우는 거는 사람이 할 게 못된다고 했었는데."
"그건 다 옛날 말이지. 우린 우리 시대에 맞는 정신이 또 있잖아. 사람은 자기가 믿는 대로 흘러간다고. 난 잘 지낼 자신 있어. 물론 힘든 일도 있겠지만."
"너 근데. 꼭 만나본 것처럼 얘기한다?"

순간, 정적이 흘렀다. 친구는 당황한 기색이 여력했다. 그때의 표정은 뭐랄까. 중요한 것이 들통났는데 당황스럽긴 하지만 어딘가 모르게 당당해 보이는 여러가지 복잡한 감정들을 느낄 수 있는 그런 표정이었다.

"전에 내가 남자친구 생겼다고 이야기한 거 기억나?"
"그래, 당연히 기억나지. 내가 궁금하다고 보고 싶다고 했었잖아."
"나 그 사람 아이를 만났어."
"아......딸이야? 아들이야?"

나는 최대한 당황한 기색을 감추려고 태연한 척, 놀라지 않은 척 하면서 되물었다. 그런 내 모습을 보고 이선이가 태연한 내 반응에 더 놀란 듯했다.

"……딸이야. 근데, 좀 그렇지 않아?"
'좀 그렇지 않냐.' 이 물음, 내게 참으로 어려운 질문이었다.

"뭐가 그래, 너가 말하는 것처럼 요즘은 다른 시대잖아. 다른 세상. 그리고 너가 아까 말한 거 들어보니까 나도 잘 지내볼 수도 있을 것 같애."
"그래? 그럼 너도 괜찮다고 생각하는거야?"
"응, 뭐 어때? 깔끔하게 이혼한거잖아 그 사람. 너가 도중에 끼어든 것도 아니고?"

그제서야 친구 이선이의 얼굴에서 안도의 표정이 보였다. 그리고 같은 편이 생겼다는 든든함까지 느끼는 것 같았다.

"너가 그렇게 이야기해주니깐. 한결 낫다. 나 너무 고민이 많았거든, 요즘."

"그렇긴 하겠다. 아무래도."
"그치, 아무래도."
"그래도."
"그래도?"

이선이가 동그란 희망의 눈망울을 보이며 되물었다. 나는 진심을 담아 이야기했다.

"그래도, 너 말처럼 그 아이한테 새로운 엄마이자 친구가 되주면 되잖아. 물론 쉬운 일은 아니겠지만 말야."
"응. 그럴려고 노력중이야. 쉽지 않지만."
"넌 좋은 사람이어서 좋은 친구가 될 수 있을거야."
"응..그런데...좋은 엄마는 아직 잘 모르겠어. 솔직히 될 수 없을 수도 있어."

다시 이선의 눈빛에서 쓸쓸한 슬픔이 뚝뚝 묻어나왔다. 아마도 두려울테지. 이선이는 그 남자를 진심으로 사랑하고 있는 것 같았다. 나는 그렇기에 그런 그녀를 더욱 지지해주고 싶었다.

"너 말 들으면서 생각해봤는데, 그거 사실 엄청 큰 일이

기도 하지만, 또 어찌보면 씩씩하게 다같이 함께 넘어 설 수도 있는 일이야. 그렇지 않아? 나도 정말 생각이 좀 바뀌네."

진심이었다. 걱정하는 이안이를 위안해주려고 하는 말이 아니라. 내 말은 진심 이었다. 가까운 사람의 일이라고 생각하니 이안이의 관점, 나의 관점, 이안이가 만나는 그 남자의 관점, 그 딸의 관점 등 여러가지 관점에서 생각 해 보고 천천히 곱씹어보니 이해가 될 것도 같았다.

천천히 음미해 보면 못할 것이 없다. 결국은.
천천히 음미해 보면 이해가 안 될 것도, 다르다고 이상 할 것도 없다.

걸으면서 아직 살짝 쌀쌀하긴 했지만, 그보다 상쾌함이 더 크게 느껴져 기분이 말끔 해졌다.

"되게 상쾌해. 이 새벽 공기. 평상시 여긴 차가 꽉꽉 막혀 진짜 미친도로 같은데. 이렇게 차가 없을 때면 여기도 평온하고 고요해서 신기해. 여기는 절때 그럴 일 없을 것 같았는데, 역시 고요 해지네..."

평상시 시끌벅쩍 차들과 사람들로 붐비는 이 도로가 텅 비어 고요함을 주니 묘한 짜릿함까지 불러왔다. 고개를 돌려 옆을 보니 공기를 상쾌하게 느끼는 듯 기분 좋은 미소를 입가에 머금고 있는 이선의 모습이 참 보기 좋아 보였다.

"정말 그러네. 신기하게 기분이 되게 좋아졌어."
"난 말야. 답답하고 슬프 때면 걸어. 그냥 무작정 걷는다? 그런 버릇이 생겼어. 언제부터 인지는 모르겠는데. 그냥 계속 걸어. 걸으면서 보는 상점들, 골목골목 낯선 풍경들, 사람들, 나무들, 꽃들, 도로들, 다 재밌어. 진짜 그래."
"나도 너랑 이렇게 걸으니까 간만에 너무 상쇄되는 기분이다. 요즘 오빠랑 결혼 이야기 오가고부터 이래저래 고민이 많았는데..."
"상쇄?"
"응, 상쇄. 우리 엄마가 잘 쓰는 말이야. 그 말을 들을 때마다 이상하게 병이 낫는 느낌이거든."
"음...상쇄. 뭔가 굉장히 힘이 되는 말인데? 좋다.
너가 상쇄되었다니 기쁘다 친구야."
"우리 앞으로도 상쇄되는 이런 산책을 자주 좀 합시다, 친구. 한결 나아."
"그럽시다 친구. 고마워."

"나도 고마워."
"상쇄라…참 좋은 말인 것 같으네."

조용하고 부드럽게

"야, 걔는 벌써 애가 둘이다."
"애가 둘?....아 결혼했구나. 누구랑 했데?"
"흐흐. 여자랑 했지. 야 너무 옛날 남자 얘기 아냐?"
"그치, 십 몇년도 더 됬지. 근데 그냥 잘 지내나 가끔 궁금하긴 했었어. 아 근데 결혼했구나..."
"그래, 우리 나이가 이제 갈때 되긴했지. 우리가 늦은 거야 지수야."
"맞어맞어. 근데 누구랑 했는지 여자가 궁금하다."
"무슨 우리보다 연상이랑 한거 같은데?"
"어? 혹시 외국이름 쓰는 그때 그 여자?"
"어어어, 맞는거같애!"
"와....."

생각보다 충격받았나보다.
내 어릴적 풋풋했던 치기 어렸던 첫사랑의 오랜만에 듣는 소식.

나와 어울리지 않는 다고 너무너무 촌스럽다고 생각했었던 그 삼각관계가 나에게 일어났던 20대 초,

지금 생각해보면 무지 어린나이 그 젊은날의 달콤 씁쓸
했던 기억을 선사해줬던. 첫사랑의 소식.

가까이 들여다보면 무수히 우리들만의 드라마가 형성이
되지만, 그저 멀리서 바라다보면
어디선가 들릴 법한 있을법한 그런 우리들의 연애 이야
기.

절대, 결코
끝나지 않을 것만 같던
우리들의 견고했던 끈질겼던 인연의 원하지 않는
인연의 고리가 하나 더 끼어짐으로써,

나를 물론
모두가 얼마나 숱한 시간들을 한숨의 밤으로 보냈었을
까.

그들이 어땠을지까지는 정확히 알지 못하겠다.
나는, 정말,
괴로움으로 죽을 뻔 했다.

사랑해서 그리워서 죽을 수도 있구나.
이런병도 있구나. 하면서

사랑, 그 아름다우면서 지겨운 걸,

십몇년 뒤까지도
가끔씩 문득문득 생각나던, 그 친구가 다니는 회사를 지나
칠때면 혹시라도 마주치지 않을까, 의식하며 머리와 옷매
무새를 다지며 지나갔던,
잘지내고 있을까, 잘 지내겠지,
추억 속에서 잘 살아내고 있던 그 사람은
젊은 날의 그렇게 끈질기게 끈끈했던 연이
이제는 내가 침입자가 되어
무색하게 되었다.

이렇게 십년 뒤, 추억속에 세상에서 그 붉었던 우리의 인
연의 실은 녹아 없어졌고,
그 사람은 영화에서처럼
영원히 그 모습 그대로 내게 가장 친절하면서 슬픈 얼굴
을 짓고 있다.

어쩌면 이렇게 마무리 되지 못한 깊었던 사랑은 하나의
기억 속 조각에 자리잡혀
현실보다 더 아름답게 장식되나보다.
그 사람이 좋은 사람이였다는 전재하에,

그런데 그 사람은
좋은 사람도 나쁜 사람도 아니였다.
그냥 내 인생에서 나 자신보다도 더 소중했던
내 첫 사랑이었다.

그래, 이제는
모두가 건강하고 행복했음 그걸로 되었다.

조용하게 부드럽게,

내 안에 존재했던 다채로웠던 그와의 세상에서 이별의
박수를 쳐준다.

그 둘만의 언어

연애란,
물들이다. 물들이는 것.

둘만의 언어로
그들 만의 언어로

둘만의 언어로 물들이는 것이다.

"내가 해주는 얘기, 하나도 감당 못해 넌. 사람은 다 자기가 받아 들일 수 있는 한계의 총량이 있거든. 각각 견딜 수 있는 무게가 달라. 정우야. 넌 나 이해 못 할 거야…"
"아니, 나 감당할 수 있어."
"아니야. 못해."
"아니, 이해할 수 있는데? 나 감당할 수 있다고."
"만약 내 얘길 듣고 감당 못하면? 그럼 그 이후는?
우린 어떻게 되는건데?"
"…….감당해. 무조건 해. 할 수 있으니깐 말해줘.
어떤 일이 있었는지."

"말 안할거야 나."
"차라리 들어야 속 시원할 것 같아서 그래. 우리 사이 아무 변화 없어. 내가 약속할께 가을아."

저 진지한 눈빛, 우리의 첫 데이트, 내게 처음으로 사랑을 고백할 때 봤었던 저 눈빛. 진지하면서도 두려움이 서려 있다. 슬픈 따스함이 느껴지는 저 눈빛.

그의 눈빛으로 과거의 나의 눈을, 마음을, 영혼마저 뒤흔들고 있다. 그것이 나를 더 괴롭게 만든다.

"그게 중요해? 한참 지난 예전 이야기잖아. 나 니가 이러면 이럴수록 너무 힘들어...얘기하고 싶지 않아. 그게 그렇게 중요하면 우리 여기까지 하자. 서로를 위해……"

거짓말, 이미 나의 모든 것은 그에게 꽂혀 있지만, 그럼에도 불구하고 이 상황을 도망치고 싶어 그만 하자는 거짓말을 했다. 머리가 지끈했다.

"너가 내린 결론이 이거야?"

슬픈 그의 목소리가 내 마음을 더욱 후벼 팠다. 그리고는 한참동안 말이 없었다. 우리 둘 다. 그는 한숨을 한번 쉬더니 나를 쳐봤다가 담배를 피고, 언더락 잔에 얼음을 넣고, 잔을 만지작거리며 물끄러미 보다가 들이킨다. 그렇게 연거푸 몇 잔을 쉬지않고 들이켰다. 아까 보다 취기가 더 올라 보였고, 그래서 그런지 선이 분명한 입술은 좀 더 빨갛고 살짝이 도톰하게 부어 있었다. 깔끔했던 셔츠는 구겨졌고, 가슴 쪽 단추도 서너개가 더 풀어져 있었다. 이래저래 만졌던 머리스타일도 제멋대로 헝클어져 있었다. 언더락 락을 만지작하며 창밖을 바라보는 그는 지금무슨 생각을 하고 있는걸까.

이상했다. 이상하게도 지금 그의 모습이 가슴 아프게 하지만 섹시하게도 느껴졌다. 그것도 굉장히. 섹시했다. 너도 참, 이 상황에 이게 말이 되나 하면서도 그의 모습에 반하고 있는 나 스스로에게 당황을 했다. 그러다 이제 이런 모습을 볼 수 없을 수도 있겠다 생각하니까 갑자기 심장이 미친듯이 기분 나쁘게 뛰었다. 더 이상 못 본다니, 미칠 것 같았다.
은빛 대리석 탁자 위 언더락 잔의 빛이 영롱하게 반짝인다. 나는 잔을 집어 들고 타 들어가는 목구멍 안으로 끝까지 들이켰다. 이렇게 라도 하지 않으면 안되었다.
가슴이 요동을 쳐 뭐 라도 해야 했다. 그런데, 술이 이렇게 시원한 거였나? 이렇게 달았던 거였나? 새삼 놀란다. 아까부터 목구멍에 걸려 있었던 가시 같았던 그 무엇이 사라지는 것 같았다. 흥분은 가라앉고 오히려 차분해진다.
점점 모든 것이 선명해짐을 느낀다. 진실을 말하고 싶어졌다. 지나간 과거 따위의 진실이 아닌 진짜 우리에게 필요한 진실을.

"정우야...그게 그렇게 알고 싶어? 넌 예전일이 그렇게 중요해? 난 너의 그런 것들이 하나도 중요하지가 않은데? 그래, 그때의 내 시간들은 나를 지금까지 있게 한 일부분일수도 있겠지. 그래, 그것도 내 일부분일수도 있겠지. 그런데 내 생각은 달라. 사람은 자기도 모르게 무수히 많은 모습을 갖고 있어. 그 속에서 내가 믿고 싶은 내 모습을 믿고 사는 거라고. 계속 그렇게. 그 선택으로 얼마나 살아갈지 그것 또한 결국 내 의지와 노력에 달려 있다 생각해. 난 지금 이 모습으로 계속 살 거야. 자신 있거든."
"........."

그는 그저 말없이 창밖을 바라보며 서서 내 이야기를 듣고 있었다.

"그때의 나는 지금의 나랑 완전히 달라. 예전 일들... 생각해보면 그때의 내가 진짜 나였을까, 꿈을 꾼 것 같이 까마득해서 믿기지 않을 때도 있어. 과거란 그런거야. 과거란, 그냥 지나간 시간에 불가해. 어차피 다시 돌릴 수 없어. 중요한 건, 그 이후, 지나간 시간들 그 다음, 바로 지금부터 어떤 모습으로 살아가느냐, 살아내느냐, 해내느냐, 이거 아닐까?
"........"

그는 말없이 듣고만 있었지만 나를 쳐다보고 있었다.

"그래서 난 이 악물고 다시 잘 살아왔어. 매일 밤마다 내 자신한테 조금만 기다려 달라고...더 나아질 거라고. 조금만, 조금만 더 기다려 달라고. 이야기하고 또 이야기하고. 매 순간순간을 이렇게 살아왔다고. 분명 어제보다 더 나은 삶 살겠다면서. 나 자신한테, 이 세상에 증명해 보이겠다면서. 너도 알잖아. 지금의 나 믿잖아. 이렇게 행복하게 잘 살고 있는데? 그리고, 나 너 만나고 배신 없었다. 인간적으로건, 여자로서건."

아까는 바로 울음이 터져 나올 것만 같았는데, 신기하게도 하나도 울지 않고 이야기했다. 이것이 우리에게 필요한 진실이라고 확고하게 믿었기 때문에.

또 다시 한참동안 정적이 흘렀다. 말이 없었다.
우리 둘다.

분명한 것은 아까 보다 서로 날 섰던 감정이 누그러지고, 약간의 온기가 방 안에 맴돌기 시작했다.
갑자기 그는 소파에 앉아있는 내게로 와 서서 나를 말없이 한참을 안아주었다. 아주 짧고도 길게 느껴지는 시간이 아니였을까 싶다. 그리고는 무릎을 꿇고 앉아 있던 나와 눈을 마주치며

"너 말 알겠어."

그의 눈빛, 나를 관통하는 이 눈빛이 또다시 나를 비추어 이 순간을 고통스럽고도 행복하게도 만든다.

저 진지한 눈빛, 우리의 첫 데이트, 내게 처음으로 사랑을 고백할 때 봤었던 저 눈빛. 진지하면서도 두려움이 서려 있다. 슬픈 따스함이 느껴지는 저 눈빛.

그의 눈빛으로 과거의 나의 눈을, 마음을, 영혼마저 뒤흔들고 있다. 그것이 나를 더 괴롭게 만든다.
눈물은 그제서야 터져 나왔다. 그리고는 쉽사리
멈춰지지 않았다.

진실된 그의 이해.
나를 사랑하는 따스한 그 마음에.
내 사랑도 흘러 넘쳐 밖으로 새어 나와 버릴 것만 같았다.

"나……하고싶어. 하고 싶어졌어"
"나도."

누가 먼저랄 것도 없었다.

그렇게,
서로에게

아무도 모르는 둘만의 언어로 물들어 갔다.

물들이다.

이쁜 것

"늦었지, 미안해요"

자리에 앉는 지원. 한 쪽으로 늘어뜨린 머리 스타일과 가슴 속이 보일 듯 말 듯한 하늘빛 실크 셔츠에 무릎선까지 오는 찰랑찰랑 짧은 클래식한 베이지색 컬러의 a라인 스커트를 입은 그녀. 정갈하게 입은 듯하지만 살이 비치는 검정 스타킹 때문인지, 그녀의 가느다란 뼈마디와 놀랍게도 볼륨감 있는 실루엣 때문인지 어딘가 모르게 섹시함이 은은하게 느껴진다.

자기도 모르게 지원을 보며 이런 생각이 들키기라도 한 듯, 지원과 눈이 마주치자 흠칫 놀라는 연준.
둘의 눈이 마주치자 서로에게서 묘한 기류가 흐르는 것을 감지 할 수 있었다. 눈이 마주치는 것은, 그들만의 어떠한 신호였다. 분명한 신호. 앉아서 서로의 안부를 묻고, 음식을 시키고, 술을 고르고 하는 사이 몇 번이고 대화가 멈춰지고 어색하지만 꽤 뜨거운, 그런 묘한 기류 속에 둘은 대화가 끊김과 동시에 서로의 눈빛 속에서 신호를 주고받았다. 계속해서 그렇게 몇 번씩 서로를 눈으로 핥았다.

"오빠 하고싶어?"

지원이 손으로 입술을 만지작 거리며 반짝이는 눈빛으로 물었다. 연준은 당황한 기색을 감출 수 없었다. 조금 뜸을 들이다 그녀를 또 한번 눈으로 핥으며,

"어. 심하게."
"심하게 하고 싶다고? 아니면 하고 싶은 마음이 심하다는거야?"
"둘 다."

이번에는 지원이가 살짝 당황했다. 그리고는 좀 수줍었는지 눈 앞에 있는 사케를 쭉 들이 킨다. 깨끗하게, 잔을 비워냈다.

"스트레스 많이 받지 요즘?"
"왜 갑자기 말 돌려."
"요즘 일 많지? 스트레스 많이 받았어?"
"당연한 걸 뭘 물어. 근데 왜 말을 돌려. 엄청 중요한 이야기하고 있었던 것 같은데……"

"역시 스트레스엔 그게 최고지."
"완전!"

연준은 거의 소리 지를 뻔했다.

"내가 스트레스 풀리게 해주고 싶어. 나랑 있을 땐 아무 생각 안 나게. 싹 다 잊게 해주고 싶어."
"아니 그것보다 나 기분 좋게 해줘"
"기분 좋게?"
"응. 그게 더 커. 네가 부드럽게 해주면 아무 생각 안 날 것 같애. 안 좋은 거 싹 다 잊을 수 있을 것 같애.
그게 나한테 제일이야."
"부드럽게 어떻게?"
"해줄 거야?"

또 한번 지원이가 눈 앞에 있는 사케를 비웠다.

"들어나 보고"

연준이도 눈 앞에 있는 사케를 깨끗하게 비워내며 담배를 하나 꺼내 물었다.

"여기서"
"여기서?"

지원이가 놀라 눈을 동그랗게 뜨고 물었다. 연준이는 연신 담배를 뻐끔뻐끔 피며, 고개를 끄덕였다. 그들이 있는 사케를 파는 이 술 집 다다미 방은 집처럼 아늑하게 되어 있었다. 바깥을 볼 수 있는 창문도 있었다. 창문 밖으로 우두두둑 느려지더니 빨라지면서 빗소리가 들리기 시작했다. 연준, 지원, 그들을 이루고 있는 이 공간, 사케, 그리고 이 빗소리 서로 참 잘 어울렸다.

"여기서 기분 좋게 해 달라고?"

빗방울이 떨어지는 창문을 바라보며 지원이 물었다.

"어. 해줬으면 좋겠어 지원아."

이곳은 신을 벗고 들어와 앉으면 홈이 파여 발을 아래로 뻗을 수 있는 다다미방 구조였다. 지원이는 사케를 한잔

들이키고는, 홈이 파여 있는 아래로 몸을 웅크리고 내려갔다. 그러자 위에는 테이블이 커다랗게 있었으므로, 지원이가 잘 보이지 않게 되었다. 그곳에서 그녀는 마치 고양이처럼 네 발로 연준이 쪽으로 천천히 몸을 움직였다. 연준이의 다리와 발, 그리고 그것이 평소 보다 더 크게 보이는 것 같았다. 바지 단추를 풀렀다. 그리고 살금살금 지퍼를 내렸다. 그리고는, 맛있게 핥기 시작했다.

그 둘은 그렇게 서로 말없이 움직이기만 했다. 연준의 몸이 계속 움찔움찔 했다. 그리고 연준은 한 쪽 손으로 지원이의 머리를 부드럽게 쓰다듬었다.

"아 이쁜것…"
"……이쁜…것…"
"…………이..쁜..것……"

그 다다미 방 안을 연준의 짙고 낮은 목소리가 몇번이고 몇 번이고 반복되며 가득 채웠다.

다시 빛나는,

[죽고 싶어도 죽을 수 없다면 죽을 배짱으로 잘 살아 보는 것. 그게 어떨까.]

아침에 일어나니 이런 문자가 와 있었다. 번호는 777
이였다. 내 상태는 엉망진창, 뒤죽박죽. 돌리고 싶어도,
돌려 놓을 수 없는 것들 투성이었다.
이제는 내가 정말 지친 것일까? 아마도 그런 것 같다.
정말로. 밤이 되면 더 초조하고 두렵고 괴로워진다.
홀로 서 있는 이 고독함. 누가 옆에 있어도 뭘 해도 그
어디에 있어도 어차피 다 똑같을 것 같았다.

삶은 어차피 살아 봤자 아파 죽겠는 그런 고통 그 자체.
어차피 인생은 외로운 것. 매일을 이따위 생각을 계속
해오던 차에, 이 문자는 꽤나 신선한 충격이었다.

'이 문자. 누가 보냈지? 누가 내 상태를 이토록 잘 알고
보낸 거지? 누굴까...?'

갑자기 소름이 돋았다.

'대체 누가……?'

나는 하루 종일 생각했다. 그 다음날도 또 그 다음날도.

'누굴까? 누구지? 대체 누구란 말인가.'

도무지 감이 잡히지가 않았다. 그러다 또 어김없이 뾰족한 밤이 찾아와 나를 어지럽힌다.

'오늘도 똑같은 하루, 이리 치이고 저리 치이고 흔들흔들, 역시나 진 빠지고 피곤한 하루였어.'

집에 돌아오면 씻을 힘 하나 없이 침대에 누워 버린다.

'혹시 불면증이라고 좀 아나? 이 녀석은 어두운 밤에 그 아무데도 도망 갈수 없게 만들고 그렇다고 잠도 이루게 해 주질 않고. 아무것도 할 수 없이 만드는 무서운. 아주 무서운 존재인데.'

이 불면증의 깊은 어둠으로부터 도망 칠 수 없는 이밤을 누가 알까. 도무지 잠이 안 와 핸드폰을 다시 접어들고 만

지작거린다. 전화번호부를 아래서부터 쭈욱 들쳐 내본
다. 잠이 안 오면 늘상 이런 연락을 해대는 버릇이 있다.

[자?]
[혹시 자?]
[모해]
[잘 지내요?]
[잠이 안와아ㅠㅠ]

메세지는 대부분 이런 내용이다. 그러면서 내내 그 777의
메세지 주인은 누굴까 하고 짐작해본다. 역시나 모르겠
다. 아무튼 이렇게 보낸 메시지의 답이 하나씩, 하나씩 오
는데 사실 답은 그리 중요하지 않다.

[왜?]
[안자고 모하고 있었어?]

이런 종류의 답이 오거나 대부분은 그 다음날 아침이 지
나고서야 답이 오곤 한다. 너무 외로워서 이러는 거다.
'나 여깄다, 저 여깄어요.' 라며 내 존재를 확인해 보고
싶어서 이러는 거다. 그리고 사람에 대한 약간의 그리움

이 더해져 보내 본 것이다. 그러다 난 어차피 도망칠 수 없음을 인정하며 그래도 조금씩 잠을 청해보려 애를 쓴다.

'누가 알아 줄까. 나 홀로 깜깜한 어둠속을 헤메이는 외로운 새벽을.'

갑자기 몇일 전 777 의 메시지가 생각나 따스함 같은 것이 느껴져서 베개를 파묻고 어둠속에서 흐느끼며 울어 댔다.

[죽고 싶어도 죽을 수 없다면 죽을 배짱으로 잘 살아 보는 것. 그게 어떨까.]

'네, 알겠어요. 고마워요. 어차피 저는 쫄보 라서 죽을 만큼 힘들다면서 사실은 죽을 용기도 없답니다. 그래도 참고맙네요. 777님'

그리고 나한테 이렇게 말해 주었다.

"그래 뭐 어떠냐, 나보다 나쁜 사람들도 잘만 사는데. 이제 그만 좀 징징대고. 그냥 좀 배짱 있게 살아보자.

쌍 마이웨이로. 엉?"

신기하게도 가슴 한 켠이 뜨거워져서 점점 눈물이 멈췄다. 몸을 일으켜 물을 한 컵 벌컥벌컥 마셨다.

'그래, 어차피 잠이 안오는거 잘됐다 하면서 매일 밤마다 하고 싶은 일이나 다 해버려야지. 박쥐처럼 남들은 평화롭게 자고 있을 시간에 나는 그걸 해보는 거야. 집에 예전에 샀던 캔버스랑 물감, 붓 세트가 있었지? 일단 꺼내보자.'

그리고 싶은 것도 딱히 정해 놓지 않고, 캔버스에 붓을 무작정 휘둘러 댔다. 신기한 것은 그림을 그리다보면 균형과 불균형이 조화를 이루며 형태를 잡아가 그림이 완성은 되는 것이었다.

무엇을 딱히 그리려 한 것은 아닌데 그리다 보면 진지하게 몇시간이고 몰두해서 색을 선택해 흰 캔버스 위에서 참 자유롭게도 놀게 된다. 누군가에게 털어 놓을 수 없는 내 치부와 내면의 깊은 어두움까지도.
붓으로 의식하지 않고 표현할 수 있다. 그 점이 가장 포

인트다. 관계를 잃을까봐. 뒤에서 내 이야기를 다른 사람에게 말할까 봐, 실망할까 봐 이와 같은 두려움도 불신도 들지 않았다. 그저 평화롭게 캔버스안에서 내 이야기들을 해주었다.

정말 신기하게도 그 메세지를 받고 자연스럽게 그리게 된 그림으로 새벽녘에 일어난 이 일들을 이후로 누군가 한 명이라도 진정 내편이라는 생각에 힘이 났던 것 같다. 그 힘으로 시작해 계속 그림을 그렸다. 불면증 친구가 찾아오는 잠이 안 오는 날마다 그렸다. 아무도 모르는 곳으로 여행이라도 떠나듯.

은밀하고도 평화롭게 그림을 그렸다.

내 방에 복도에 진열된 나의 잠못 이뤘던 숱한 새벽시간들과 맞바꾼 그림들을 보고 있을 때면, 갑자기 문득, 가끔 또 궁금해진다.

'그 메세지 주인 777은 대체 누구였을까?
헤어졌던 남자친구 중 한명?
아니면 지금은 보지 않는 한때는 친했던 친구?

아니면 천사? 누굴까?
나한테 보낸 것은 맞았을까?
혹시 다른 사람에게 잘못 보낸 걸까?
아니면, 내 번호를 썼던 이전 사람에게 보낸 걸까?'

왠지 모르게 요즘은 보낸이가 자기 자신에게 하고 싶었던 말이 였을 수도 있겠다는 생각도 든다.

"죽고 싶어도 죽을 수 없다면 죽을 배짱으로 잘
살아 보는 것. 그게 어떨까." 라고.

[혹시라도 내게 이걸 보낸이가 이 글을 읽고 있다면,
이번엔 당신이 힘을 내기를 진심으로 바래요.
고마워요.]

3장. 최적의 균형

최적의 남자

믿으실 지 모르겠지만, 나는 사람의 살결을 스치면 성적 취향을 느낄 수있다. 더 정확히 말하자면 그걸 했던 모습이 보인다고 해야 하나. 그리고 더 집중하면 내가 어떤 식으로 공략해야 하는지까지 대략 다 알 수가 있다. 참, 이걸 뭐라고 해야 하나. 뭐 초능력이라고 해야 하나?

초능력, 그래 그렇다면 그럴 수도 있겠다. 그런데 뭐 이런 능력을 얻게 된 것에 무지막지하게 행복하다던지, 엄청나게 이득을 본 것 따위는 없다. 오히려 너무 유별한 사람은 인생이 고달프듯, 내 인생은 참 고달프다. 살결이 스치면 그딴 것들이 보이고 느껴지는 탓에 곤욕을 많이 치르게 된다. 그냥 다른 사람들처럼 평범하면 안되는지 원망한 적도 많다. 잘 모르는 사람들은 이렇게 말하겠지. '에이, 말도 안 돼.' '에이, 거짓말.' 그런데 만약 정말 그런 능력이 생긴다면? '와 그거 완전 대박인데!' '저도 그런 능력 하나 있으면 좋을텐데요?' 하겠지만, 사실 나는 괴롭다.

사람들의 스쳐 지나 왔던 성적 기억이나 취향들 까지도

희끗희끗 다 보인다는 게 결코 유쾌한 일이 아니다. 그래서 남자들과 만나도 자꾸 그 모습들이 오버랩 되어 나 혼자서 상대방에게 고정관념이 생겨버려 계속 만날 수가 없다. 그래서 난 제대로 된 사랑을 해본 적이 없다.
그럼 장점이 있냐고? 장점을 이야기해보자면, 이걸로 우연히 성범죄자를 잡은 적도 있다. 그런데 그건 사실 좀 위험한 경험이었다. 영웅 영화처럼 멋지게 사회적 공익을 위해 이 능력을 활용해서 적폐를 청산해주고 싶지만 솔직히 좀 무섭고, 다소 좀 위험한 일이다. 난 겁이 조금 많기에 대신 눈앞에 보이는 정의는 실천하겠다는 마음은 먹고 살아가고 있다. 이렇게 나만의 법칙을 정해놨다.

하지만 사실은 내가 문제다. 나의 이런 이상한 능력 탓에 진실된 사랑을 단 한번도 해보지 못했다는 사실. 맞다. 난 사랑을 한번도 해보지 못했다. 그리고 그것도 아직 못했다 봤다. 남들꺼는 맨날 그렇게 보면서 정작 나는 한번도 안 해봤다. 나 진짜 무슨 무당도 아닌데. 자꾸 그런 것들이 보이고, 느껴지고, 그러다 보니 매번 중요한 시기 때 어긋나고 또 어긋났다. 억울해. 이 능력 외에는 나는 그저 지극히 평범한 대한민국의 30대 여성이란 말이다. 그런데 그냥, 살결만 스치면 그런 게 자꾸 보이는 걸 나더러 어쩌란 말이냐고. 이런 것들이 보이는데 모른 척 하고 사랑을 시작해 나가기엔 너무나 어려운 일이다. 역시나 이 황당한 능력 때문에 황당한 일이 많았다. 한번은 소개팅을 나갔었는데, 다시 그때의 이야기를 하려고 떠올리니 또 다시 참 민망함이 밀려온다.

때는 3개월 전, 살짝 쌀쌀했던 늦가을쯤 이였을 거다. 요즘 꽤 인기가 있다는 일명 핫하다는 레스토랑에서 보기로 했다. 만나기로 한 장소 예약부터 센스 있는 사람이라는 생각에 약간의 호감을 갖게 됐다. 연락 주고받을 때의 느낌도 좋았다. 매너가 좋았고, 굉장히 정중했다. '쏘젠틀' 하다고 해야 할까. 사진 속 얼굴을 찬찬히 살펴봤다. 샤프한 안경을 쓰고 있었고, 머리는 어떤 유행에도 따라가지 않고 깔끔했다. 깨끗한 피부, 딱 맞게 본인에게 맞춰 입은 듯한 슈트, 깔끔 그 자체였다. 이러한 시작점으로 봤을 때, 거의 호감의 반은 진행 되었다고 볼 수 있었다. 게다가 전화 목소리 또한 약간의 부드러운 중 저음으로 어미 끝에서 특유의 매력적인 웃음이 느껴졌다. 나만의 기준을 거진 통과했다고 볼 수 있었다. 만나기로 한 날, 역시나 먼저 도착해서 앉아 있었고, 사진보다 실물이 더 좋았다.

'깔끔하고 샤프한 실루엣이란 이런 사람을 두고 말하는 거구나. 핫플에서 이런 완전 훈남과 디너라니...'

기분이 좋아졌다. 솔직히 내가 기대한 그 이상이었다. 그 망할 놈의 그것들이 보이기 전까지는 말이다. 웨이터의 안내로 코트를 벗어주고 살짝의 긴장감과 설렘을 가득 안고 앉으며 그와 잠깐의 아이컨택,

'오 좋은 느낌!'
앉아서 더 자세히 하나하나 살피니 그 남성 잡지 '지큐' 같은 데서 보면 <여러분, 훈남이란 이런 사람입니다.> 하고 소개하는 코너에서 봤을 것 같은 그런 남자였다. 어쨋거나, 난 점점 부풀어 오르는 기대감에 신이 났던 것 인정한다. 우리는 음식을 시키고, 약간의 단맛이 감도는 이탈리아 산 화이트 와인 한 병을 시켰다. 술을 잘 하진 못하지만 지금 이 분위기, 이 기분엔 몇 잔 정도는 거뜬히 마실 수 있을 것 같았다.

'이럴 때 마시라고 있는 게 화이트 와인이잖아...?'
우리는 고급스럽고 조심스럽기까지 하게 나오는 음식들을 천천히 하나씩 먹으며 중간중간 와인잔을 만지작거리

며, 어느 보통의 연인들처럼 이런저런 재밌는 이야기를 해나 갔다. 증권사에 다니고 있고, 그곳에서는 무슨 일을 하고, 본인의 혈액형, mbti부터, 사는 곳, 가족관계, 취미, 이런저런 개인적인 이야기들이 오갔고, 나 또한 내 이야기들을 해주며 그렇게 멋진 저녁식사와 함께 서로를 알아갔다. 점차 본인들의 음식 취향까지 이야기하다가 자연스럽게 이성관에 대한 이야기로 넘어갔다. 아마 취향에 대해서 이야기를 하다가 그랬던 것 같다.

"그럼, 수인씨는 어떤 스타일을 좋아하세요?"
"저는...제가 모르는 사람이요."

하, 나 그렇게 취하지 않았는데 나도 모르게 무의식적으로 답해버렸다. 모르는 사람이라니...순간 그의 눈에서 호기심이 가득해지는 것을 느꼈다. 조금 의외의 대답이라는 듯,

"......네? 모르는 사람? 그게 무슨 말이죠?"

당황해서 바로 대답하지 못하고 가만히 있으니, 그는 알쏭달쏭하다는 듯이 나를 바라보았다. 안경 너머의 눈이

가느다랗게 실눈으로 변했다.

"아아, 뉴 페이스?...뉴 페이스를 좋아하는 구나? 수인씨? 아니면 완전 매력적이어서 막 알고 싶어도 알 수가 없는 묘하고 신비로운 그런 남자를 말하는 거구나? 수가 안 보이는 그런 남자?"

그의 표정에서 '맞지? 내 말이 맞지?' 하는 듯한 확신이 느껴졌다.

'오호라. 꽤나 해석을 잘하는 것 같은데. 하지만 민수씨, 당신은 모르시겠지만 저는 살결만 닿아도 상대방의 과거의 성생활이 다 보인답니다. 그래서 이제는 정말 그런 것 안 보이는 사람. 자연스럽게 하나씩, 하나씩 알아가면서 느낄 수 있는 그런 사람을 만나고 싶어요...' 라고 말하고 싶었지만, 나는 그의 말에 살짝 놀라는 척을 하며 어떻게 알았냐면서 역시 센스가 있으셔서 잘 알아주신다면서 맞춰 줄 수 밖에 없었다.

"응. 맞아요. 그런 느낌의 사람을 만나고 싶네요."

그러고는 어색하게 웃어 보였다.

"그럼, 민수씨는요? 어떤 스타일 좋아하세요?"

나도 물었다. 사실은 별로 궁금하지 않았다. 왜냐면? 아까도 말씀 드렸다시피 믿기 어려우시겠지만, 난 정말 보인단 말이다. 굳이 상대방이 말하지 않아도 다 알게 될 것인데, 그래도 물어봤다. 그러자 샤프한 실루엣남은 포크와 나이프를 만지작거리며 약간의 뜸을 들이며 골똘히 생각을 하고 있었다. 좀 전까지 보지 못했던 사뭇 진지한 얼굴로,

"사실 저 누구를 만날 때 정말 진지하거든요. 그래서 제가 생각보다 여자 경험이 별로 없어요. 가벼운 만남? 그런 건 저한테 의미 없거든요. 딱, 정의 내릴 수 없는 느낌을 많이 보는 것 같아요. 설명하긴 어려운데, 왜 그런거 있잖아요. 나랑 통하는 '느낌' 이랄까. 필! 뭐 이런거. 아하하, 뭐 좀 되게 어렵네요 그죠."

그는 말을 끝내고 나를 뚫어져라 쳐다보며 건배를 하자며 와인잔을 들어 보였다. 어딘가 모르게 말이 좀 많고

장황하다는 생각은 들었지만 그래도 그는 확실한 훈남이었다.

'오호라, 훈남과의 해피 디너!'

나도 잔을 들어 짠, 하고 웃으며 와인잔을 부딪혔다. 그와 몇 번의 눈이 마주쳤다. 우리에게 묘한 무언가가 흐르고 있다는 것을 느낄 수 있었다. 게다가 술이 약해 얼굴이 점점 더 발그스레 해지고 있었다. 취기가 올라왔다.

"어? 괜찮아요? 얼굴이 엄청 빨개진 것 같은데....."
"아, 네, 제가 한잔만 먹어도 온몸이 빨개지는 체질이 어가지구......"

손으로 볼에 갖다 대어보니, 후끈하게 뜨거운 열감이 느껴졌다.

"뜨겁네, 역시"

약간 혼잣말처럼 속삭였는데, 갑자기 돌발 상황이 발생했다. 그 샤프한 실루엣남이 갑자기 건너편 의자에서 벌

떡 일어나 엉덩이를 쭉 빼고 본인의 손 윗등으로 내 볼에 살짝 대보는 것이 아닌가. 이 무드를 깨고 싶지 않아서 최대한 조심스럽게 자제했던 스킨십인데. 이렇게 허무하게! 뭔가 분했다. 이럴수가. 시간을 좀 더 벌고 싶었는데 화가 났다. 분했다.

"어, 괜찮아요? 진짜 뜨겁네...아, 저도 모르게 걱정되가지고...미안해요."

살짝 장난끼 띤 표정으로 사과하는 그가 얄미웠다.

"아, 네 전 괜찮아요..."

하지만 문제는 그게 아니었다. 갑자기 영화의 필름처럼 한 장 한 장 스쳐 지나가는 그 남자의 성생활의 모습들은 정말 가관이었다. 충격 그 자체였다.

이 남자, 완전 바람둥이였다. 그것도 진짜 중에 진짜. 요즘 말로 찐찐찐이야! 처음 본 여자랑 관계 하는 걸 좋아하는 원나잇쟁이. 왠만한 처음 본 여자만 보면 다 좋아라 하는 이 남자의 이상형은 오늘 처음 본 여자였다.

갑자기 구역질이 났고, 머리가 지끈지끈 아파오기 시작했다. 몇 잔 마신 와인과 오기 전에 뿌린 향수의 향과 음식 냄새까지 한데 뒤섞여 뒤죽박죽 더 자극적인 향이 났다. 점점 컨디션이 나빠졌다. 아무렇지 않은척 하며 좀전처럼 똑같이 그 남자를 볼 자신이 없어졌다. 아니 볼 수가 없었다.

'세상 깔끔한 척, 진지한 척, 젠틀 한 척 다 하더니, 완전 거짓말쟁이잖아...'

원망까지 들기 시작했다. 그 짧은 시간에 수 많은 생각이 넘나들었다. 빨리 그곳을 나가고 싶어졌다.

"저기 민수씨, 제가 갑자기 속이 좀 안 좋아서 화장실 좀 다녀 올게요."
"아, 어떡하냐. 수인씨 진짜 괜찮아요? 에이, 술도 못 마시면서 왜 마셨어요. 속상하네. 걱정되는데 내가..."
"아아, 괜찮아요. 다녀 올게요."

더 이상은 그가 하는 말들을 듣고 싶지가 않아 말을 자르며 자리에서 일어났다. 그도 같이 따라 일어나 내 쪽으로

와 나를 부추기듯 본인의 팔로 내 온몸을 감쌌다. 그러고 선 조금씩 몸을 가깝게 붙였다. 목소리를 낮춰 부드러운 저음으로,

"수인씨 안돼요. 내가 부축해 줄게요."

그의 품에서 니치 향수의 향이 났다. 평상시라면 내가 좋아했을 것 같은 향인데 지금은 싫었다.

'수인아, 정신 차려. 넌 여기서 나가야 해. 저 바람둥이의 먹잇감이 될 순 없다!'
계속 되내이며, 조심스럽게 그의 품에서 빠져 나왔다.

"민수씨, 저 괜찮아요. 부축 해 줄 정도는 아니에요."

그는 알았다는 듯이 다시 젠틀모드로 여유롭게 웃으며 자리에 앉았다.

"조심해서 다녀와요. 무슨 일 있으면 전화 줘요?"

그의 충격적인 은밀함을 봐서 그런지 그가 하는 모든 게

다 능글맞아 보였다.

'여유롭게 웃기는. 그렇게 계속 웃고 있어라. 난 도망간다. 짜샤!'
화장실로 향하는 척하면서 재빨리 음식점 주차장 뒷문으로 향하는 문으로 통과해 밖으로 나갔다. 그리고 갑자기 울컥해 눈물이 났다. 그 샤프한 실루엣남의 실망감 에서였을까, 아니면 고달픈 이 능력이 야속해서 였을까, 아무튼 눈물이 찔끔찔끔 나가다 엉엉 소리 내서 울었다.

'남들은 다 자연스럽게 연애도 하고 재밌게 사는데 나한텐 이게 이렇게 힘든 일이야...?'
울면서 걷고 또 걸었다. 이 정도면 초능력은 거의 저주가 아닐까 싶다. 이렇게 자꾸 상대방을 꿰뚫어 보는 이상, 그것도 하필이면 가장 은밀한 성관계가 보인다니. 이러한 것들을 본 이상 그 사람을 사랑할 용기도, 자신도 없다. 도대체가 왜 나는 이런 게 보이고 느껴지는 거냐고. 슬픈 밤이다. 나도 누군가를 미치도록 사랑하고 싶고, 알 수 없기에 하나씩 알아가는 기쁨을 갖고 싶다고.

'미지의 세계에서 모험을 하며 찾아 나가는 사랑!

그 얼마나 행복한 것이겠냐, 되게 좋겠다……'
이를 부드득 갈며 잠을 오래도록 잤다. 그리고 그날 밤, 희한한 꿈을 꿨다.

은밀하게 사랑을 나누는 수많은 사람들의 모습들이 한 호텔의 각 방에서 이루어지고 있는 것을 건물 밖에서 지켜보고 있었다. 나 홀로 창문 안으로 보이는 그들의 모습을 하나씩 차근차근 물끄러미 바라보았다. 흥분하지도 않고, 좋지도 나쁘지도 않았다. 아무 감흥 없는 내 자신의 모습이 꿈 속에서도 익숙했다. 현실에서도 흔히 있는 일이니까. 재밌는 것 하나는 가지각색 사람들의 여러가지 비밀스러운 모습을 하도 보아서 그런지 어느 정도 대강 짐작이 간다는 것이다. 예를 들면, '이 커플의 성생활은 이럴 것 같다. 저 커플은 그렇겠지.' 하며 이와 같은 예상을 맞춰 나가는 것 말이다. 꿈에서도 호텔을 바라다보며 하나씩 맞추는 내 모습이 꿈에서나 현실에서나 비슷해 보였다.

그런데 바로 그때, 호텔 옥상에서 누군가가 천천히 떨어지는 것이 아닌가. 큰일났다. 자살? 비상사태!!! 저 떨어지는 것은 무엇이지? 그런데 저렇게 천천히 떨어 질 수 가 있나? 아니면 혹시 날고 있는 건가? 저 위에서부터 무엇인가 내

시야에서 점점 커지는 저것은 뭐야? 신나게 궁금해 하고 있는 사이 그 생물체는 바닥에 멋지게 착지했다. 어? 이 장면 어디서 봤지? 맞다! 이건 슈퍼맨이나 배트맨 에서나 나오는 영웅들이 하는 착지가 아닌가. 호텔 옥상에서 떨어져 멋지게 착지한 생물체는 사람인 것 같았다. 그것도 남자,

'보통 인간은 아니겠...지?'

호기심이 생겨 조심스럽게 그쪽으로 슬금슬금 가보았다. 거기엔 나체의 남자가 위풍당당하게 서 있었다. 바람 마저도 다른 느낌이었다. 이것도 어디서 봤는데? 잠깐만, 영화 터미네이터였나? 아 이게 뭐야, 순간, 좀 웃긴 생각이 들어서 막 웃었다. 꿈에서도 웃고, 자면서도 웃지 않았나 싶은데 내 웃음소리가 너무 컸는지 그 남자가 내 쪽을 향해 천천히 고개를 돌렸다. 우린 눈이 마주쳤다. 어라. 이 사람은? 좀 달라 보인다. 내 눈이 동그랗게 커졌다가 침을 꼴딱 삼켰다. 한참을 그의 분위기에 압도 되다가 갑자기 또 한가지 생각이 지배적으로 떠올랐다.

'그래도 결국은 저 사람의 그것도 다 보이겠지 뭐...'
너무 한다. 꿈에서까지 현실적으로 이럴 거냐고. 그 남자는 내게 성큼성큼 걸어왔다. 키가 무척 컸다. 거의 나의 두 배 정도가 되어 보였다. 눈은 짙은 갈색으로 호랑이 눈이 연상되었다. 다부진 체격, 늠름한 인상, 잘 빚어진 듯한 얼굴. 과장을 조금 더 해보자면, 그리스로마신화에서의 제우스 신이 있다면 이런 모습일까? 다비드 조각상이 있다면? 엉뚱한 생각을 하고 있는 찰나에 그 남자가 갑자기 나를 단숨에 들어 안는 것이 아닌가. 그런데? 이상하다. 꿈이라서 그런가?

아무것도 보이지가 않는 것이다. 그 아무것도. 그래 꿈이어서 그렇겠지. 그 남자는 내가 아가 마냥 가볍다는 듯 들어서 빙빙 돌려서 주위의 모습을 천천히 보여 주었다. 좀 전까지 있던 호텔은 사라지고, 맑은 바다와 산과 신기한 새들, 형형색색의 지상 낙원 같은 모습들을 아주 하나씩 천천히 보여주었다. 다른 사람들의 성관계가 아닌, 세상의 아름다운 모습들을 보여주었다. 호랑이 눈을 갖은 그와 눈이 마주쳤다. 한참을 말 없이 서로를 바라다보며 웃었다.

찌릿하게 느껴지는 이 느낌,
사랑이란 이런 느낌일까?
아름다운 섹스를 하면 이런 기분이 들까?

너무 행복한 기분이 드니 괜시리 맘 속에서 거부하는 목소리가 들려왔다.

'핏, 거짓말. 이건 완전히 낯간지러운 거짓말 같은 꿈이잖아......'
그리고선 나는 꿈에서 깨고 말았다.

'아...아쉽다......'
너무도 아쉬운 마음에 아침부터 입을 쩝쩝거리면 깼다.
꿈이지만 정말 달콤했으니깐. 내게 그것이 보이지 않는 최적의 남자라니, 게다가 나를 이렇게나 압도하다니!
생각만 해도 멋있다. 행복했다. 하지만 이건 명백히 꿈이었다.

<1년 후>

그간 내겐, 별일이 없었다. 황당함의 연속으로 힘들었던

소개팅은 자연스레 그만두고, 사랑 따위 해보려는 나의 귀여운 시도는 포기해 버렸기에 오히려 속 시원하게 지내고 있다.

오히려 별일이라면, 또 아동 성범죄자를 한 명 신고한 적이 있다. 버스 안에서 스친 남자였는데, 소름 끼치는 사람이었다. 생긴 건 학교 선생님처럼 멀쩡하고 착해 보여서 더 소름이 끼쳤다. 여러가지 경험담으로 비추어 보아 내 말을 믿어 줄 사람은 아무도 없어서 일단 증거가 있어야 한다는 걸 알기에, 순간 머리를 굴렸다.

'이번이 벌써 세번째, 이건 뭐 거의 형사가 되어가는 것 같은데...'
머리를 굴리며 사명감에 불끈 달아올랐다. 이런 내 모습이 살짝 멋지다는 생각까지 들었다. 아무튼 그 놈은 두리번두리번, 주위 눈치를 계속 살피는 습관이 있었다. 눈이 마주치면 안될 것같아 핸드폰 보는 척 하면서 계속 살피고 있다가 이제 내리려고 하는 것을 보았다. 무슨 용기에선지 이대로 저런 놈을 보내면 평생 죄책감에 시달릴 것 같아 따라 내렸다. 그리고, 심호흡을 내쉬었다.

나는 이런 초능력만 갖고 있지, 내가 뭐 슈퍼맨 배트맨도 아니고, 평범한 30대 여성이란 말을 한 적이 있다. 게다가 겁까지 많지만 저 놈이 한 짓, 그 잔상이 계속 내 머릿속을 휘집어 쓰리고 괴로워 견딜 수가 없었다. 그래서 좀 더 용기를 냈다. 나는 일단, 미행을 하기로 했다. 증거를 잡아야 하니깐, '증거증거!' 그 놈은 또 역시 두리번 두리번거리며 주위사람들을 경계했다.

저놈을 확 그냥. 할 수만 있다면, 당장에라도 가서 헤드락을 걸어 경찰서로 끌고 가고 싶었지만 일단 증거를 확보해야 한다. 나는 건너편에서 아주 존재감 없이 자연스럽게 걸었다. 생각보다 이런 쪽으로 소질이 있는 것 같아 스스로 새삼 놀랐다. 한 10분 정도 걸었을까. 갑자기 골목으로 꺾어서 들어가는 것을 보았다. 조심스럽게 따라 들어간다. 어떤 골목에 허름한 집 앞에 서서 또 두리번거린다. 나는 들킬까 화들짝 놀라 얼른 옆 골목으로 피해 몸을 최대한 얇게 세로로 만들었다. 그 놈은 그 집으로 들어갔다. 대문 앞에 섰다. 너무 떨려서 심장이 밖으로 튀어나와 골목 바닥에 팔딱팔딱 뛰는 것 아닌가 싶었다. 안에서는 한 아이의 소리가 희미하게 들려왔다.

후...느낌이 온다. 분명 납치다. 저 씹...새끼...근데 이걸 어쩌지...? 발뺌하면? 결혼도 했고 본인 자식이라고 하면 어쩌지? 분명한데, 아까 버스 안에서 스쳤을 때 본 그 사람의 끔찍한 만행들, 내 이 능력은 틀려본 적이 없다. 그러니 꼭 잡아야 해! 꼭. 내게 이런 능력이 있어서 누군가를 도울 수 있어 다행이기도 했던 순간들이었다.

'어서 구해야 해. 도와줘야 해!'
일단 신고를 했다. 약간의 거짓말을 보탰다. 이 골목 동네에 사는 사람인데, 몇 일전부터 옆에 아이가 계속 울고, 살려 달라는 심한 비명소리가 들려서 제보를 한다고 이런 것을 대수롭게 여기면 안 된다면서 그냥 넘길 수도 있으니 최대한 머리를 짜내어 경찰이 이 집을 꼭 와보도록 했다.

개인정보다, 사생활침해다 뭐 다 해서 과정이 쉽진 않았지만 그로부터 3주 뒤, 그 놈은 체포되었다. 결국 납치가 맞았고, 그 아이는 무사히 가족들 품으로 돌아갔다.
슬픈 사건이었다. 무서웠지만 용기를 내기 정말 잘 했다. 아무튼, 1년후인 지금 내 연애사에는 아무런 일도 일어나지 않았지만, 문득문득 꿈에서 봤던 그 커다랗던 나체의 사나이가 생각이나곤 했다.

'그냥 꿈이지 뭐…….'

아침 햇살이 커튼 사이로 새어 들어와 바람에 커튼이 흩날릴 때마다 불빛처럼 깜빡깜빡 대고 있다.

'아 더 자고 싶은데……'
더 자고 싶은 강한 욕구가 나를 침대에서 끌어당기지만 나가봐야 했다. 오늘은 중요한 인터뷰가 있는 날이다. 나는 꽤 인기가 있는 주로 사업가들이 보는 잡지에 칼럼을 쓰는 기자이다. 경제 동향, 시장의 흐름, 쉽게 말하면 돈의 흐름에 대해서 이야기해주는 시사 잡지인데, 매달 한 명씩 성공한 사업가들은 인터뷰하고 칼럼을 쓰는 것이 나의 일이다. 역사나 이 일을 하면서 남들은 모르는 나 혼자만의 황당하고 재밌는 일들이 많았다.

그것들을 약간이라도 즐기지 않았다고 하면 너무 도덕적인 척하는 것 맞다. 사실, 성공한 사람들의 은밀한 취향들은 더 재미가 있긴 있다. 부와 명예를 갖고 있어서 그런지, 더 은밀하고도 더 깊숙하고 더 쇼킹한 부분들도 있었다. 몇 번은 혼자만 알고 있는 것이 아까울 정도로, 입맛을 쩝쩝 다시게 재밌는 경우도 있었다. 하지만, 사람들의 은밀한 부분을 보는 내 이 능력은 슈퍼맨처럼 극비로 해 두어야 한다. 잘못했다간 정신병원에 갇혀 지낼 수도 있으니. 아무튼 간에 이렇게 재미난 일을 해가고 있다. 물론, 칼럼에는 대중적이고 공식적인 유익한 내용들만 가득 채우고 있다. 오늘도, 어김없이 그러할 것이다. 차 키를 챙기고, 저번주에 사둔 네이비 실크 셔츠를 꺼내 들었다. 왠지 인터뷰 때는 어느 때와는 달리 신경이 쓰이긴 한다. 깔끔하게 차려 입고, 향수도 착착 살짝 뿌렸다. 시계도 차고, 마지막 집을 나서기전 거울로 점검 끝! 오늘 느낌이 좋다. 왠지 모르게 기분이 좋다.

기억은 안 나지만 어제도 나체 그 사람 비슷한 꿈을 꾼 것 같긴 한데, 아무튼 한 낮의 햇살을 받으며 창문을 열어 기분좋은 바람을 느끼며, carpenters의 this masquerade를 들으며 삼성동으로 향했다. 네이비가 이 곳이 목적지란다. 6층 정도 되어 보이는 회사 사옥이었다. 흡사 꿈 속에서 보았던 호텔과 비슷한 크기였다. 차를 대고 내렸다. 그앞에서 키가 아주 큰 어떤 남자가 뒷짐을 지고 건물 정문 한 중간에 서 있었다. 너무나 동상같이 굳건하게

서 있어서 신기했다. 옷차림은 평범하고 깔끔했다. 그 남자를 스쳐 지나가 정문으로 들어가려는데,

"아이고 안녕하십니까."

온화하면서도 특유의 강직한 미소가 느껴졌다. 나도 모르게 이 인사 하나에 압도 당했다.

"아 ,네, 안녕하세요."

가볍게 목례를 하고 엘리베이터를 기다렸다. 뭐지? 여기 건물주인가? 아님 대표님 인가? 경비하시는 분인가? 알 수가 없었다. 확실한 건 평범한 사람 같지는 않았다. 내가 인터뷰하기로 한 대표님은 얼굴을 철저히 공개하지 않기로 유명했고, 신비주의에 가득 차 있는 인물이었다. 그래서 오늘의 인터뷰가 더 설레고 궁금했다. 그리고 잡지에는 사진은 실을 수 없다고 했다. 대표님의 얼굴은 나만 볼 수 있는 것이다.

'이것은 마치 위대한 개츠비?....'
엉뚱한 상상에 혼자 엘리베이터 안에서 피식, 피식 웃음이

났다. 6층이 열리고, 내리는데 그 앞에 아까 본 그 인사남이 떡 하니 또 서있는 것이 아닌가. 깜짝이야. 뭐지?

"하하하, 저는 항상 계단으로 다니거든요. 안녕하세요. 신수인씨 맞죠? 이쪽으로 오시죠."

참으로 호탕했다. 키도 거의 190이 다 되어 보였다. 내가 작아서 더 커 보이는 것도 있었지만, 무척 큰 건 사실이었다. 그가 대표실을 안내하는 동안 나는 뒤에서 인사남을 위에서 아래까지 더 찬찬히 살펴볼 수 밖에 없었다. 똘똘하게 보이는 머리 뒤통수부터, 쫙 벌어진 어깨, 긴 다리, 다부진 체형의 위풍당당한 걸음걸이. 왠지 낯설지가 않았다.

'참 자신감 있는 느낌이군. 어디서 본 것 같은...'
꿈에서 본 그 나체의 남자가 불현듯 떠올랐다. 그가 성큼성큼 나보다 훨씬 빠른 걸음으로 대표실 앞에 섰다. 그 앞에 서서 그 특유의 강직한 미소를 짓고서 들어가시라고 에스코트를 하는 그 모습을 보고 나는 확신할 수 밖에 없었다.

'오늘 내가 인터뷰할 사람은 바람마저 다른 위풍당당한 저 남자구나…'
그 인사남은 약간은 수줍은 듯 나를 들여보내고 본인도 들어와 호탕하게 웃고는, 다시 정식으로 시작하자는 느낌으로 정중하게 인사를 했다.

"안녕하십니까? 제가 이 포룸의 대표이사 홍원기라고 합니다."

그는 명함을 건넸다. 나는 이미 준비가 되 있다는 듯이 그리 놀라지 않으며 명함을 받아 들고, 인사를 했다.

"안녕하세요. 대표님, 역시 남다른 등장이시네요. 저는 리코노믹의 신수인 기자라고 합니다. 반갑습니다."

우리 둘의 눈이 마주치자 또 한번 그 인사남, 아니 홍원기 대표는 쑥스러운 듯 소파에 나를 안내하고 본인도 앉았다. 보통 이런 경우는 비서가 와서 뭐 드시겠냐고, 차를 대접하거나 케어를 해주곤 했었다. 내가 인터뷰를 갔을 때 대부분이 그랬다. 그런데 역시 이곳에 어울리게도 그런 비서는 없었다. 그런 형식적이지 않은 자유분방함이 이곳과 그리고 이 남자와 잘 어울려 보였다.

"아, 기자님. 뭐 마시겠습니까? 몸에 좋은 차로 드릴까요?"
"아, 네 뭐든 좋습니다."

한결 편안해졌다. 가끔씩 세상사가 이론적으로는 설명이 안될 때가 있는데 신기하게도 오늘 처음 본 대표님, 여기 이 사무실에서 마치 와 본 곳이 것 같은 편안한 마음이 들었다. 저 인사남과 인사남을 둘러싼 건강한 에너지 때문 인것 같아 주위를 계속 힐끔힐끔 두리번거렸다. 각종 상을 많이 받은 것 같았다. 트로피와 상장이 보였고, 많은 사람들과 함께 찍은사진들이 눈에 띄었다. 홍원기, 이 사람에게 주는 각종 팬레터 같은 편지, 사진들, 기념품들 같은 것 들이 눈에 들어왔다. 흡사 아이돌의 방이나 혹은 팬이 많은 운동선수의 방을 연상시켰다. 아! 내가 전에 인터뷰 갔던 엔터테이먼트 사무실도 문득 떠올랐다.

'이 사람...인정이 많고 주위 사람과의 관계가 중요한 따뜻한 사람일 것 같아...그런데...'

역시나 그것, 그 누구보다도 그의 은밀한 성적 기억들, 취향, 여자들 그 모든 게 궁금해지지 시작했다. 그러다 차를 내어 오는 그와 눈이 마주쳐 뭣이라도 들킨 것 마냥 혼자서 얼굴이 살짝 벌겋게 달아올랐다. 귀까지 그랬다. 그런 나를 보고는

"아이고, 많이 뜨거우시군요?"

'제발 그런 인자한 느낌으로 따뜻하게 묻지 좀 말아라' 자꾸 괴로워졌다. 이런 멋진 사람의 은밀한 영역을 보게 될 거라 생각하니, 궁금하면서도 두려워졌다. 그래서 그런지 좀처럼 벌겋게 된 얼굴이 가라 앉지를 않았다.

'참나, 뭐 이런 걸 가지고...어쩔 수 없이 보이는 건데 뭘. 얼굴이 왜 빨개져! 바보냐! 신수인!!!'
질책하다가 나를 향해 강직한 에너지를 내뿜는 그의 멋진 호랑이 눈을 바라보며 다짐했다.

'그래, 이 사람하고 술 한잔은 꼭 해보고, 그러고 나서 그걸 봐도 늦지 않겠어'
1시간 가량의 인터뷰는 잘 마무리 되었다. 그는 자수성가

한 사업가였다. 아득한 드라마 같은 내용이지만 이런 분들이 더러 있었다. 수중에 몇 안 되는 돈을 갖고 지방에서 서울로 올라와 성공한 사람들. 그도 전형적인 자수성가를 한 사람에 속했다. 하지만, 그 초기 출발점을 제외하고는 역시 전형적이지 않았다. 그는 20살 어린 나이부터 서울에 올라와 독보적으로 무섭게 성장했고, 주위 사람들도 도와 주기도 하고 자연스럽게 도움도 받았다. 그렇게 성장하고 성공해 왔다.

그의 성공에 대한 노력은 단순한 노력 그 이상의 것이었다. 보통 사람은 상상할 수도 없는 엄청난 노력, 집요함을 넘어선 일종의 건강한 광기 같은 것들이었다. 특이한 것은 그의 그 모든 과정 속에서 '속셈'이란 것이 없었다. 이게 다른 사람과 조금 달랐다. 남에게 베풀 때는 그 베푸는 과정 속에서 내가 더 기분이 좋았고, 행복했고, 그리고 나의 선택 했기때문에 바라는 것이 단 한 개도 없다는 철학을 굳게 지키고 살아왔다고 한다. 도움을 받아야 하는 것은 당당하게 요구했다. 혹시라도 거절당할 두려움 같은 것은 없었다. 억지로 타인을 이해해보려는것이 아니라 나와 다른건 그저 당연한 것이라 했다. 수학의 공식이 당연하듯이 깔끔한 공식처럼, 모든 관계성에 대해서 깔끔하게 사업을 해 온 것이 느껴졌다. 인터뷰를 많이 하다 보면 그들의 돈의 색깔과 무게, 인성마저 느껴질 수 밖에 없는데 그런 면에 있어서 독보적으로 특이했다.

그는 자신감이 넘쳤고 경쾌하면서도 부드러웠다. 그리고 신용과 약속을 중요시했기에 관계가 깔끔했다. 모든 면에서 지금까지 그 철학을 지키고 살아온 게 분명해 보였다. 그의 따뜻함이 겉돌고 있지만 예리하고 단단한 눈빛에서 읽을수 있었다. 그런데 인터뷰하면서 그 눈빛을 응시하다 보니 눈이 짙은갈색으로 호랑이 눈이라는 것을 알게 되었다.

'호랑이 눈이라…호랑이 눈…?!!'
그 꿈속의 나체남의 눈빛과 자연스레 오버랩이 되어 소름이 끼쳤다.

"근데 눈이 갈색이시네요. 브라운 아이즈."
나도 모르게 불쑥 말해 버렸다.

"맞습니다. 제가 어릴 적부터 눈이 갈색이어서 누구는 호랑이 눈 같다고들 하던데. 정말 그렇습니까?"

"아.......네..."

이 화제에 대해서 더 이상 말을 이어갈 수가 없었다. 잘못하면 꿈에서 당신을 본 것 같다는 헛소리를 할 것만 같았다. 대신, 이렇게 말했다.

"저기 저 저녁 좀 사 주실래요?"

<일주일 후>

청담동 중식 레스토랑에서 6시 약속을 잡고 만나기로 했다. 5분 정도 전에 갔는데 역시 호랑이 눈을 갖은 인사남은 먼저 와 앉아 있었다. 이쯤에서 호칭을 좀 정리 해야겠다.
인사남은 좀 그렇고? 홍원기 대표? 그 남자? 그것도 좀 그런데. 음...호랑이대표님? 아니면 키가 아주 크시니까 거인오빠? 호칭이 너무 어렵네. 아무튼 그 위풍당당 인사남은 역시나 그 특유의 약간의 쑥스러움과 당당함이 섞인 채로 나를 발견하고 환하게 웃으며 맞이 해주었다. 일주일정도 밖에 되지 않았는데, 엄청 반가웠다. 그리고 아쉬웠다. 더 빨리 보고 싶었는데. 계속 호감이 가고 있

었다. 오히려 인터뷰를 하면서 먼저 들어온 몇 번의 식사 자리도 이래저래 둘러대며 조심스럽게 피했던 나였는데, 내가 이렇게 더 적극적으로 저녁을 사 달라고 했다니. 자주 볼 수 없는 꽤나 당돌한 나의 모습이었다. 잡지사에서 알려지면 한 소리 들을 수도 있는데도 말이다.
이상하게도 그 호랑이 눈과 마주치면 이유 없이 용기가 불끈불끈 샘솟았다. 그리고 모든 다 해낼 수있을 것 같은 묘한 자신감에 사로잡혔다. 역시나, 그와의 시간은 유쾌했고, 뜨겁기까지 했다. 하지만 가슴 한 켠에는 늘 그랬듯이 두려움의 그늘이 들어섰다.

'이 사람의 그게 보이지 않는 다면 얼마나 좋을까.....'
나는 스킨십을 극도로 조심했다. 살결이 닿으면 안되니 각종 중무장을 하고 갔다. 살이 보이는 옷을 차단하고, 바지에 목 폴라. 손에는 토시까지 해서 손가락만 겨우 나와 있었다.

'살결이 절대 닿으면 안되. 조금만 쬠만...더...이 순간을, 보통 사람들의 보통의 연애의 이 순간을 즐기고 싶다고...'
그와의 시간이 즐거울수록 이 간절함은 더더욱 커져만

갔다. 다행히 그 호랑이 대표님은 유쾌하고 호탕했지만 젠틀하고 정중한 면이 있었기에 살결이 닿지 않고 아홉번의 식사 데이트를 할 수가 있었다. 문제는, 이대로 계속해서 시간을 보낼 수 없을 거라는 것을 알고 있었다. 남자건, 여자건 좋아하면 만지고 싶고, 살결을 맞닿고 싶은것은 당연한 거니깐. 결국 열번째 데이트 때, 올 것이 왔다.
프렌치 레스토랑에서 식사와 샴페인 한 병을 같이 먹고 분위기가 상당히 무르익어 있었다. 무언의 소리가 들려왔다.

'키스해. 키스해. 키스해.'
나는 애써 그 소리를 듣지 않으려 노력하며 꾹꾹 참았다. 아...달콤한 키스가 이 분위기에 정점을 찍어줄텐데...너무 아쉬워서 눈물이 날 뻔했다. 그때, 바로 그때 정중했던 그가 살짝의 발그스름한 얼굴로

"나 키스해도 되요?"

'에라, 모르겠다. 그래, 그래도 열번이나 꿈같은 달콤한 데이트를 했고 만나서 즐거웠어요. 웬만하면 그 어떤 것이 보여도 다 이해해보려고 노력...해 볼게요...'
마음 속으로 기도라도 하는 듯 눈을 꼭 감고 이 말을 되내

였다. 눈을 꼭 감고 있는 내 입술에 그의 입술이 닿았다.

'........?'
'.....??'
'.....???'
'??????'
'???????'
'!!!!!!!!!!!!'

어라? 이상하다. 보이지 않는다. 느껴지지 않는다. 분명히 아무것도 보이지 않아. 그 아무것도. 술이 취해서도 아니었다. 이런 적은 정말 처음 있는 일이었다.

'정말 하나도 보.이.지.않.았.다.!!!'

대신에 부드럽고 강직한 그의 키스의 맛만이 느껴지고 있을 뿐이었다. 이게 어찌된 일인지 모르지만 기분이 너무 좋아서 내 뱉어 버린 말,

"입술이 너무 맛있어요."

그리고는 살구 볼터치를 잔뜩 칠한 것처럼 발그스름 해진 볼로 그를 향해 눈을 그윽하게 떠보았다. 휘둥그래지며 호랑이 눈이 놀란다. 그리고 연이어 특유의 호탕한 웃음이 이어졌다. 그리고 우린 또 한번의 키스를 했다. 그래도 역시 보이지 않았다.

'이 사람의 섹스가 보이지 않는다. 느껴지지 않는다. 이 사람 대체 뭐지? 꿈에서 본 나체의 그 남자? 역시 보통 사람이 아니었어...'
입가에 웃음이 계속 떠나질 않았다.

'이런거 였구나. 보통 사람들의 연애가. 알 수 없는 미지의 동굴을 함께 탐험하는 이 짜릿함이 바로 이런 거였어...!!!'

그래서 나는 그의 과거의 성적 취향, 성적 기억, 성적스타일은 단 한 개도 알지 못한다. 과거라는 것은 알면 알수록 현실을 방해하고 미래를 가로 막는 방해물이다. 사람은 함께 미지의 세계를 탐험해 나가는 친구들을 만날 때 가장 행복한 것 같다. 하나씩 그에 대해 알아 갈 생각을 하니 행복해졌다.

'그와 나의 뜨거운 밤들은 어떤 모습일까?'

알 수가 없기에, 매력적이고.
알 수가 없기에, 짜릿하고.
알 수가 없기에, 더 소중한.

나의 그토록 찾아 헤매던 그는 내 인생의 최적의 남자.
그리고 최적의 균형.

# 4장. 사실, 우아하지 않은 세계

사실, 우아하지 않은 세계

유토피아도 지옥도 없다.

그 어디에도
완벽하게 특별하기만 하고 우울하기만 한
그런 것은 없다.

어디를 가도,
무엇을 해도
모든 것은 내 안에 있다.
모든 것은 나의 선택이 만들어 간다.

환경은 내 선택에 의해 결정 되고,
내 선택의 연속들이 그에 대한 믿음을 만들어 낸다는 것.

살다 보니 알게 된다.

사는 것이라는 게 결국은 모두 비슷, 비슷하다는 것.

사람은 상대적이고
상황에 따라서
그 사람 개인의 특유의 특성에 따라서
모두 다 달라질 수 있음을 자연스럽게 알게 되고.

그 어디에도
유난히 우울하고,
유난히 평화로운 그런 곳은 없다.

내가 그렇게 선택해서 믿는 것뿐.

한때는 그런 화려해 보이는 세계를 참 선망했었다.
시간이 흐르고 지금 시점에서 돌이켜 보면

사실 화려했지만 아름답지 않았고,
그리 달콤하지도 않았던 그 때.

'웃겼어, 그때 참 웃겼고 요지경 이였지만 그래도 재미는 있었다. 재미있었다!'

그래, 딱 이 정도면,

그때의 그 세계를 딱 이 정도로 설명하면 되겠어.

적나라하고 초라하거나 혹은 섹시했던 우울한 세계들.

그런데 사실, 우아하지 않은 세계.

꿈을 이용하는 사람들

소름이 끼쳤다. 10년 만에 마주쳤다. 카페에서 주문을 하고 있는데 뒤에서 내 이름을 부르는 걸걸한 목소리가 들렸다.

예감이 좋지 않은 탁하고 눅눅한 이 느낌. 연예계 엔터테인먼트 대표 장경식이다. 아무렇지도 않게 반갑게 인사하는 내 모습이 가식적으로 느껴진다. 시간이 지나 모두 다 잊혀진다 하겠지만 때로는 사무치는 상처들은 그 어떻게 어찌 잊혀지겠는가. 정작 상처준 사람은 이렇게 버젓이 잘만 살고 있는데 말이다.
이 인간은 연예계 미투 열풍에도 자기 식대로 끈질기게 교묘하게 살아 남았을 것이다. 미투가 매일 뉴스를 장식할 때마다 내심 장경식의 뉴스가 나오기를기대했었다. 만약 그런 일이 있었으면 통쾌하게 뉴스를 읽어줬을 텐데.

<장경식, 연예계 마당발.
신인 여자 탤런트 킬러.
그들의 희망을 교묘하게.
꿈을 이용하는 나쁜 사람>

한 쪽 눈만 유난히 커지며 올라가 사람을 의심하는 듯한 특유의 비열한 표정, 그래 맞다. 이 표정. 딱 '장경식' 맞다.

"야~너 진짜 오랜만이다?"

아주 자연스럽게 아래서부터 위까지 대 놓고 훑는다.

"뭔가 어른이 됐는데~?"

역시 사람은 잘 안 변한다. 그대로다. 10년이 지나도 무례한 습성 아주 잘 지키고 있었다.

"아...네...오랜만이네요. 진짜."
"너 요즘 모하고 사냐. 아직도 연기하냐?"
"네, 해요. 저 할머니 돼서 죽을 때까지 하려고요."
"와...아직도?"
"네! 대표님은요? 뭐 하시는데요?"
"아. 나도 계속 엔터 하지. 내가 딴 거 뭐하냐. 아 근데 딴 사업도 이것저것 해."
"여기 주문하신 아메리카노 두 잔 나왔습니다."

"아...네..저 커피 나왔어요. 가 볼게요."
"너 누구랑 왔는데?"
"저 친구랑요."
"그럼 일루 와서 잠깐 같이 마시고 가."
"네? 갑자기?"
"왜 싫어? 저기 '콘다엔터' 대표도 있어. 인사시켜 주께. 너 아직 연기한다며."
"아...네?"

하고 또 끌려가서 얼떨결에 이래저래 비위 맞추는 내 모습을 보라. 가관이다. 싫다 참.

"유 대표, 얘가 어릴 때 진짜 끝내줬어. 몸매랑 얼굴이랑. 내가 10년 전에 와 뻑 갔지. 이게 많이 성숙해진 거야 지금은. 얘 아직도 연기한데."

대체, 이 인간의 말은 칭찬인지, 희롱인지, 욕인지, 놀리는 건지 알 수가 없다. 아마 한데 뒤섞인 것이 아닐까? 이 인간 얼굴을 보니 다시 새록새록 떠오른다. 탁하고 눅눅한 공기들이, 욕망에 짓눌려 거짓된 선택을 했던 시간들. 희망고문에 이용되어 상처받았던 밤들.

'그러면서도 꿈을 위해 긍정적이어야 한다고,
이 바닥은 다 그런 거라고,
내가 마음 독하게 먹고 이해해야 하는 거라고.
그렇게 나를 매몰차게 모른 척했던, 방관의 시간들.'

그런데도, 이 사람은 그에 단 1퍼센트도 알지 못할 거라는 생각에 화가 난다. 비열하게 웃고 있는 저 입술을 잡아 거세게 당겨 버리고 싶은 강한 충동을 계속 억눌렀다.

"어, 저 그럼, 이제 가 볼게요. 친구가 기다리고 있어서."
"친구도 오라 해."
"아...친구가...남자..친구.."
"아, 너 남자친구도 있냐?"
"그럼요. 제가 나이가 몇인데. 결혼은 안 했지만, 남자친구는 있죠. 대표님은 결혼 생활 잘 하고 계시고요?"
"나야 뭐 똑같지. 뭘 당연한 걸 물어 너는 갑자기."
"저도 당연한 거예요."

썩소가 나온다. 이제 일어나야 한다. 안 그러면 내 입에서 좋은 말이 안 나올 것 같다.

"야, 너 혹시 주위에 이쁜친구 없냐. 나 소개 좀 시켜줘. 너무 심심해서 그래. 이상한 거 말고 그냥 친구로 지내게. 뭔말인지 알지? 그냥 친구."
"아...글쎄요. 저도 나이 먹어서...주변에 거의 다 결혼해가지구.."
"에이, 그래도 잘 찾으면 있자나. 나랑 여기 유 대표랑 우리 넷이서 저녁 먹자. 담주에 어때?"
"......아....그럼 한번 찾아 볼게요. 일단 찾아보고."
"아 글고 너 오디션 보고 싶다 했지, 요즘 오디션 많아. 넷플, 디즈니, 내가 몇 개 우리 회사 애 하나 시켜서 너한테 연락하라 하게."
"아...네..감사해요. 그럼 일단 담주로...생각하고 연락 드릴게요..."

뭐래냐. 아 또 이렇게 낚여간다. 매번 이런식 이다. 매번 이런 식. 내가 뭐가 잘못된 걸까? 아니면 내가 만만해보이나...나는 기본적으로 사람들에게 친절하게, 진정성 있게 대해 주어야 한다는 생각으로 대하는 것들이 만만하게 보이는건지... 상처들을 받은 시기 이후로 10년 동안 많이 변했다 생각 했는데, 또 이런 사람과 마주할 때면, 대응법이 아직도 한참 멀었구나 싶다.

아오. 태극권법처럼 '정신권법'이라도 배우고 싶은 저녁이다.

이럴 때 요즘은 이렇게 말한다면서?

"아 개 킹 받네."

배우 지망생 k 와 j 의 다이얼로그

8:30 pm

"이것 한번 봐봐. 나 여기랑 여기는 저번 주에 돌렸어."
"와 대박 저번 주 엄청 추웠는데 돌았단 말야?"
"어. 진짜 추웠어. 근데 추우니까 그래두 좀 더 성의껏 받아주시는 기분이던데?"
"야 진짜 나라도 그렇겠다. 받아줄 수밖에 없겠다. 대박."
"그럼, 여기 두 군데는 내가 먼저 돌게. 여기 나머지만 돌면 되겠네?"
"응응, 그러자. 그래도 따뜻하게 하고 와야 되. 알겠지?"
"당연하지, 따뜻하게, 목장갑, 그리고 운동화 필수! 아! 프로필 고급용지로 뽑아오고 알찌?"

다음날 5:30 pm

"와 진짜 피곤하다……"
"와 개 피곤해. 말할 힘도 없다…근데 너 이렇게 돌리면 연락 오긴 오냐…?"

"아니...아직은 안 와. 전에 한군데 연락 온 적 있긴 한데, 완전 엑스트라 구하는 거 ..."

"나는 지금 일년동안 돌렸는데 한군데도 연락 안 왔는데 ...이정도면 포기해야 하는 건가?"

"아니야. 전에 나랑 입시학원 같이 다녔던 내가 얘기한 걔 지민이 있지?"

"걔? 눈썹 진하고 눈 엄청 큰 애? 파스구찌에서 너랑 같이 함 봤었던?"

"어어어, 걔 일년동안 아무 소식 없다가 완전 큰 영화사에서 연락 왔잖아. 그니깐 사람일 어찌 될지 모른다니까. 우리도 모르는 거야."

"와 대박이다. 그렇게 연락이 오긴 오나 보다 진짜."

"그렇다니까. 우리도 모르는 거야."

"아 제발, 이번에는 이렇게 추울 때 돌렸으니깐 좋은 소식 있었으면 좋겠다."

"있을 거야. 야 그리고 에이전시에 전화 다 해 놨다. 담주 월욜 알지?"

"오케이. 담 주는 에이전시 투어다. 우리 진짜 열심히 산다. 이걸 알바라고 해봐라. 이게 다 얼마냐."

"후...그럼 하루에 한 5만원은 벌 것 같은데, 우린 그걸 쓰고 있지? 그니깐 독기 품고 열심히 해보자고."

"그래, 암튼 야 오늘 너무 수고했다. 난 이제 또 알바하러 간다."
"나도야. 난 낼 새벽부터 일 나간다. 연기 시작하고나 알바맨 되는 거 같애."
"야...우리도 같이 가라오케 이런데 나가 볼래? 그거 돈 쫌 번다는데, 내 대학동기도 몇 명 일하는 거 같은데. 꽤 버나 봐. 나 곧 프로필 사진도 업뎃 해야 되는데, 요새 다 또 금액 올랐던데..."
"미친 소리 하지 마라. 그 세계 가는 순간 우리 이제 연기 못 해. 나랑 같이 연기하던 애들도 몇 명 연기할 돈 벌라고 갔다가 지금 애들 다 연기 안 해. 그렇게 된데."
"아무래도 그렇겠지......야, 편의점에서 라면이나 먹고 헤어질래. 완전 배고프다..."
"오키, 우리 할 수 있어. 맘 단단히 먹어. 우리가 돈이 없지 씨벌, 자존심이 없냐."
"그래, 까짓 꺼 끝까지 가보자. 해보자고."
"오우케이~레쯔고!"

황당한 오디션

프로필, 사진과 나의 이력, 연락처 등을 적어 놓은 배우나 모델에게는 일종의 명함이라 할 수 있는 것들입니다.
이 프로필을 몇 년 동안 여기저기에 돌려 놓았기 때문에, 저에게는 모르는 번호로 전화가 자주 오곤 합니다. 그날도 보통 곳과 다름없이 평범하게 연락이 왔습니다. 전속 모델을 찾고 있는데, 미팅을 할 수 있냐고요. 물론, 저는 적극적으로 통화를 하고 날을 잡고 그곳에서 보내준 주소로 향했습니다. 사무실은 다른 곳과 별다를 게 없었습니다. 그런데, 그곳에 넓은 공간에 비해 직원은 세 명 정도 밖에 없었습니다. 저에게 연락을 주었던 남자가 저를 보고 어떤 미팅룸으로 안내했습니다. 그런데 좀 이상했습니다. 미팅 룸 불도 환하게 켜지 않고, 한쪽 조명만 켜시더군요. 더 이상한 것은 계속 눈치를 보고 불안해 보이는 그 남자의 태도였어요.

"안녕하세요, 사진 보다 실물이 훨씬 더 예쁘시네요. 소윤씨? 저는 대표 '알렉스 유' 라고 해요. 음 프로필 잘 봤구요. 일단 모델 경험은... 이 정도면 충분하고. 이미지도 저희 브랜드가 찾는 이미지와 아주 잘 맞아요. 저희는 전화로 말씀드렸다시피 모자 전문 브랜드고요. 국내보다는 해외에서 인기가 더 많은 브랜드예요. 그리고..."

사실 소개 내용은 그리 이상할 게 없었지만, 자기를 '알렉스 유' 라고 소개하는 그 남자가 확실히 이상했어요. 말하는 내내 불안한 눈빛과 쓰고 있던 모자 아래로 땀이 조금씩 떨어지는 것이 보는 저까지 조금씩 불안해지더라고요. 이유는 정확히 알 수 없었지만 말이에요. 이렇게 미팅을 할 때나 오디션을 볼 때 저는,

'상대방을 좀 더 편하게 해드리고, 나만의 밝고 건강한 에너지를 보여줘야지.' 라는 생각을 갖고 있기에, 항상 적극적인 자세로 임했습니다. 그래서 조금 불안해 보이시길래 좀 더 밝고 편안한 태도로 오디션을 보았어요.
그런데, 아마 30분쯤 흘렀을 거예요. 이런 저를 관찰한 후 그제서야, 남자는 진짜 자기의 목적을 드러냈습니다.

"저기, 소윤씨. 저희가 지금 글로벌 브랜드여서 좀 신중하고 꼼꼼하게 보고 있거든요. 다각면에서요. 이상하게 생각 안 하셨으면 좋겠네요."

"네? 네. 그럼요. 고용주님들 입장 충분히 고려하죠. 저희는"

"그렇게 생각해 주시니 감사합니다. 이번 컨셉에서 우리 브랜드는 모자만 쓰고 상반신 노출이 있을 거예요. 과한 노출은 아니고, 상반신 정도만, 좀 수위가 짙은 수영복 정도 같은 느낌으로요."

"아...이건 처음 듣는 이야기인데요..."

"아니아니, 그냥 그런 느낌이에요. 옷을 입긴 할 건데 약간 끈나시 같은 그 정도 입을 겁니다. 모자에 포커씽이 되도록"

"아, 그 정도 노출은 괜찮을 것 같아요. 제가 수영복 촬영은 좀 그래서요. 그런데 이번 룩북 컨셉이 좀 섹시한 컨셉인가요?"

"아, 맞아요 맞아. 그런데 소윤씨, 저희가 다각면에서 오디션을 보고 있다고 했잖아요? 그래서 저희가 먼저 어떤 느낌이 나올지 미리 테스트 컷을 좀 보고 있어요."

".......네?"

'테스트 컷.' 이란 이 단어를 말할 때 그 사람의 눈빛이 반짝이더라고요. 테스트 컷! 전 이 말이 끝나자마자 이제야 이 모든 상황을 파악 할 수 있게 되었답니다. 이 말은 지금

이 자리에서 노출을 시키고 찍겠다는 것이었어요.

"저희가 중요한 메인 모델을 뽑는 거라서 미리 느낌을 봐야 해서요. 속옷만 입으신 상태에서 여기 이 모자를 쓰고 사진을 좀 찍어야 하거든요. 사진은 당연히 저희 회사에서만 자료로 참고하고 폐기하고요."
"네?....지금 이 자리, 여기에서 속옷만 입고 이 모자를 쓰고 사진을 찍는다고요? 사진은... 누가 찍고요?"
"제가 찍습니다."
"음......"
"지금 최종미팅 소윤씨까지 해서 여섯 명째 보고 있는데, 다른 분들은 이렇게 찍었어요."

맙소사. 원한 것도 아닌데 제가 놀라하니깐 마음이 급해졌는지 본인이 찍었던 사진들까지 저에게 막 들이밀면서 보여 주시 더군요. 그걸 보는 순간, 더 확신했죠. 이 사람, 나쁜 사람이다. 사기꾼!

"...저 이런 거 굳이 안 보여주셔도 되고요. 전 이거는 못할 것 같습니다."
"아 왜...죠?"

그 사람의 기분 나쁜 눈빛이 또 다시 반짝였습니다.

"저야 말로 왜...죠? 왜 속옷을 입고 모자를 쓰고 찍으시는 거죠? 지금은 실제 촬영도 아니고, 본 촬영라 해도 저는 속옷 정도의 노출은 생각 안하고 있고요. 저기. 그리고. 흠... 아닙니다. 아무튼 저는 못할 것 같아요. 일어나 볼게요."

저는 말을 아꼈습니다. 그냥 일단 그 곳에서 무사히, 조용히 나오고 싶었어요.

"아, 제가 실수한 건가요? 저기 소윤씨. 확대해석, 오해 하지 않으셨음 하는데..."
"하, 네?... 아. 네 알겠습니다. 그럼 가볼게요."

기가 찼어요. 확대해석? 오해? 아니요. 그 쪽 실수하신 것 맞거든요. 화가 나서 길을 걸으며 씩씩거리며 눈물이 핑 돌았어요. 애써 괜찮은 척, 씩씩한 척, 센 척 하고 있었지만 아마 거기가 확실히 좀 무서웠었나 봐요. 긴장이 풀리면서 눈물이 핑 돌더라고요. 그리고 나서도 끝까지 상황 파악이 안됐는지 그 변태 모자 남에게서 연락이 오더라고요?

[소윤씨, 오늘 오디션 보시느라 수고 많으셨습니다. ^^ 그런데 혹시 기분 언짢으신 부분이 있을까요? 그리고 사진은 혼자라도 찍어서 보내주실 수 있으시면 저희가 참고하도록 하겠습니다.]
[무슨 사진이요? 아까 말씀하신 그 컨셉 사진이요?]
[네. 맞습니다. 보내주시면 참고하겠습니다.]
[속옷만 입고 캡 모자 쓴 사진 말씀이신 거죠?]
[네. 저희의 이번 컨셉이 그러한 부분이기에 부탁 드리는 것입니다.]
[저기요. 이거 제가 어디 가서 문제시하면 문제될 수 있는 부분이 되실 것 같거든요? 저 그 쪽 회사랑 일 안해도 되고요. 사진 보내 드릴 생각도 없는데. 제가 오디션 갔다가 이러한 기분이 너무 불쾌합니다. 생각할수록 화도 나고요. 그리고 다른 분들 그런 노출 사진도 저뿐만 아니라, 어떤 누군가에게도 보여주시고 그러시지 않았으면 하는데요?]

제가 이렇게 메시지가 보내고 한 30분이 지나서야 답장이 왔어요.

[전 정말로 일적으로 미팅을 한 것뿐인데요? 오디션 방식이 좀 달라서 너무 예민하게 받아들이신 것은 아닐까요?

어쨌거나 소윤씨가 불쾌했다면 죄송합니다.]

사실 10년 넘게 일을 하고 있는데, 이런 비슷한 일들이 처음이자 마지막이라고 말씀을 못 드려서 슬프네요. 악당은 여러 가지 형태가 있지만, 대게 자기가 악당임을 알리는 경우와 악당이 아니라고 우기거나 숨기는 경우가 있죠. 이 악당들을 잘 구별해 내야 합니다. 그리고 잘 대처해야 합니다. 대처하는 방법은 각자의 방식이 있겠지요. 정신을 바짝 차려야합니다.

당하고서 후회하고 시시비비를 따지는 큰 싸움으로 번지면 나의 영혼과 에너지까지 지치고 메마를 수도 있어요. 일단은 먼저 예방하는 것이 중요합니다.

"의욕이, 열정이 너무 크면,
진짜 중요한 것들을 교묘하게 감추고 앞을 가리게
하는 사람들이 가끔씩 있기에.

정신을 바짝 차리고, 눈을 한번 씻고 상황을 잘 보고 또 눈을 한번 씻고 또 씻어서 똑같은 상황을,

보고 또 보고 찬찬히 바로 보고.
애초에 일을 만들지 아니한다."

믿겠냐고

"어머, 언니 꽃이 너무 풍성하고 예뻐요."
"아, 나 어제 결혼식 다녀왔거든. 거기서 식 끝나고 왕창 가져왔어. 축의금 많이 내가지고. 신라에서 했는데 신라 꽃이 확실히 이쁘긴 해. 워낙 비싸니깐."
"와 그런 거예요? 결혼식 할 때 신라가 젤 좋은 데예요?"
"아무래도 뭐 좀 그렇지. 비싸니깐. 영빈관에서 많이들 해. 꽃 값만 오천 넘을 걸?"
"네? 오...오천이요? 와 진짜 비싸다... 친구가 부자예요?"
"걔도 부자고, 남편이 부자지. 근데 저런 거 다 거품인데, 결혼 크게 하긴 하드라. 사업가 그 프렌차이즈 커피숍 로저카페 알아? 거기 대표 이사랑 하더라."
"우왕 진짜요? 나 거기서 솔트커피랑 스콘 진짜 짱 좋아하는데...와...엄청 신기해요."
"뭐가 신기해. 내 주위에 뉴스에 나오는 사람들이랑 결혼한 애들 꽤 있는데?"
"와...진짜요? 언니 얘기 들으면 가끔 완전 딴 세상 같아요. 엄청 신기해요. 다"
"호호. 귀엽다 역시 너. 가만 있어봐. 너가 몇 살이었지?"

"저 99년생이요."

"아니아니, 그렇게 말하면 언니 몰라요. 몇 살인지 그렇게 얘기해줘야 해."

"아 저 스물다섯이예요."

"스물다섯이면 왠만한건 다 알 나인데. 너 주변 친구들은 없어? 결혼 시끄럽게 한 애들."

"음...시끄럽게..요..? 뭐 딱히 생각이..."

"혹시 너 오늘 저녁에 약속 또 잡았니?"

"어? 아니요. 언니네 집이 오늘 제 마지막 스케줄이예요. 헤헤"

"그럼, 네가 신기해 는 세상 보여줄까?"

"뭐요? 뭔데요? 어디에 그런 데가 있어요?"

"아니...그니깐 나랑 같이 가볼래?"

"아...네...뭐 이상하고 무서운 거만 아니면.."

"이상하고 무서운 거 아니야."

"네 그럼 좋아요."

보연이는 그날 난생 처음으로 텔레비전이나 영화나 신문에서 나오는 사람들과 술을 마셨다. 물론 미연과도 함께였는데, 그녀는 이미 이런 공간이 익숙한 듯 고급스러워 보이는 술잔만 만지작 거리며 그저 계속 미소만 띄고 조용히 웃기만 했다. 평상시 수다 떨고 커피 마시던 미연의 모습과는 좀 다른 느낌이었다. 보연이에게는 모든 것이 낯설기도 하고 신기했다. 정말 아까 미연이 말한 것처럼 신기하고, 새로운 세상이었다. 이 모든 것이 드라마에서나 영화에서나 보던 광경이었다. 한강이 훤히 내다보이는 고급 아파트, 보연이의 한달 월급보다 비싼 와인들, 평범한 사람들은 쉽게 만날 수 없는 그런 사람들과의 시간. 마치 꿈을 꾸는 것은 아닐까 생각될 정도로.
건배를 할 때마다 와인 잔 속으로 푸욱 빠져 들어가는 것처럼 알딸딸함이 느껴졌다. 이 모든 것들은 그녀에게 매우 특별한 기분이 들게 만들기 충분했다.

"언니언니, 저... 좀 취하는 것 같아서요. 이제 슬슬 집에 가 봐야 할 것 같은데. 시간이."

보연이가 미연의 귀에 속삭이는 것을 영화에서 자주 나오는 미남 배우로 유명한 성진이가 옆에서 듣고 웃었다.

"아 귀여워. 좀만 더 놀다 가면 안되?"
"아...제가 좀만 있으면 버스가 끊겨 가지고.."
"아...뭐야, 귀엽네 진짜. 오빠가 이따가 차로 집까지 데

려다 줄게."

"아...근데 저..."

"애기야. 이따 오빠가 잘 모셔다 줄 테니깐 걱정하지 마세요."

미연이는 그저 이 모습이 재미있다는 듯 알 수 없는 미소만 띄고 술잔만 만지작거리며 한참을 망설이는 보연이를 보고만 있다가 술을 한 모금 마시고는,

"우리 보연이가 있어서 한창 재밌는데 이따가 편하게 차 타고 가면 좋겠다."

그리고는 부드럽게 웃어 보였다. 보연이는 다시 자리로 가 다같이 게임을 계속 했는데, 난생처음 온 곳에서, 처음 본 사람들과, 처음 해보는 게임이라 벌칙에 계속 걸렸고, 술을 계속 마셨다. 한잔, 두잔, 세잔. 흑기사를 해준다고 했는데도 소원을 들어줘야 한다는 말에 괜한 자존심이 발동해 아무에게도 부탁하지 않고 계속, 계속 마셨다.

그러다 보니 너무 취기가 올랐다. 너무 취해가고 있었다. 소파로 가 앉았다. 핸드폰과 연결 해 놓은 커다란 브라운

관에선 정신 없는 선율의 음악이 한데 섞여서 들려왔다. 더 머리가 아프고 미식거렸다. 얼마 지나지 않아 그렇게 스르르. 잠이 들었다. 얼마나 흘렀을까. 한 시간은 넘지 않았을 것이다. 눈을 뜨자마자 깜짝 놀랐다. 성진이가 입고 있던 셔츠는 반쯤 풀어져 있었고, 손이 보연의 치마 쪽에 가 있었다. 그녀가 입고 있었던 핑크색 니트 조끼는 보이지 않고, 안에 입고 있던 셔츠도 반쯤 풀어져 안에 속옷이 거의 다 보였다. 불길한 생각들을 떠올릴 수 있는 상황에 보연은 갑자기 너무 무서워졌다. 딱, 불길한 상상을 할 수 있는 상황이었다.

"뭐...예요...?"
"응? 뭐가? 너 너무 취해서 여기서 완전 잠들었잖아."
"아니...그게 아니라 제 옷이...왜...이렇게..."
"보현아. 오빠 그런 사람 아니야. 내가 뭐 하러 그래. 그냥 너 괜찮은지 보러 방금 이쪽으로 와 본거야."
"아니 오빠, 그럼 제가 조끼 벗고 이러고 잠들었어요? 그리고 저 보현이 아니라 보연이예요."
"나야 모르지. 너가 술 취해서 답답해서 그런거 아냐? 근데 너 괜찮아? 오빠가 물 좀 떠다 줄게."

"아니...오빠...저기."

보연이 말이 끝나기 무섭게 성진이 물을 뜨러 부엌으로 갔다. 아직도 탁자 위에는 사람들이 깔깔거리면서 있었다. 뭐가 그렇게 신났는지 지친 기색도 전혀 없었다. 그들이 마신 술병도 아까 보다 더 늘어 있었다. 그때, 미연과 보연이 눈이 마주쳤다.

"어? 보연이 깼구나. 좀 괜찮아?"
"아...네. 언니 저 이제 진짜 집에 가볼게요."
"이거 마셔. 좀 나아질 거야."

성진이 보연의 상태를 살피는 건지 기분을 살피는 건지는 알 수 없지만 걱정하는 듯한 눈빛을 내비쳤다. 분했다. 보연이는 분했다. 느낌은 분명 불길한 무언가가 있었지만, 심증 밖에 없었다. 딱히 꺼내어 이야기를 할 수가 없는 상태였다. 그게 너무 불쾌하고 분했다.

'분명...이상한 무언가가 있었는데...아 진짜..화나네....'

"좀 괜찮아? 그거 비타민도 탄 건데."

"네?...아...네 괜찮아지겠죠...뭐"

참 잘생긴 유명배우 성진. 여러 여성들의 사랑을 받는 성진. 하지만 이런 식으로는 아니다. 다행해 미수에 그쳤지만, 이것은 분명 범죄였다. 하지만 증거가 없었다. 그 점이 보연이는 분했고, 그간 멋진 연예인이라고 생각 했었지만 오늘 보고 느낀 이 사람은 TV속의, 영화 속의 그 사람이 결코 아니였다. 여기에 있는 모든 사람들이 그랬다. 기대 이하가 아니라 그냥 다른 사람들이었다. 씁쓸한 기분이 급격하게 밀려와 서둘러 가방을 챙기고 신발을 꾸겨 신고 있었다. 미연이 따라 나와 현관 벽 한 켠에 몸을 한쪽으로 기울여 기대어 그 모습을 지켜보고 있었다.

"너 정말 괜찮니? 너무 무리했어 보연아. 머리는 안 아파? 처음이라서."
"무슨...뭐가 처음이요...?"
"그거 처음 해봤다며...."
"네? 그니깐 그게 뭐예요?"
"아니, 대마. 아까 너 술 취해서 해보겠다고 막 떼를 썼잖니. 내가 그렇게 말렸는데도. 그러더니 소파에 혼자서 이것저것 벗더니 뻗어버린 거야 너...언니 너무 걱정했어 정말로."
"하...아니요. 언니 말도 안돼요. 저는 담배도 안 펴봤는데 제가 아무리 취했다 해도 절대, 절대로 그럴리가 없어요. 성진이 오빠도 그러고 언니도 왜 다 거짓말해요? 제가 좀 취했다고 이거 제 실수로 덮어 씌우지 마세요. 여기 언니를 따라온 건 제 선택이고 잘못이었지만. 저는 술 좀 취했다고 절대 그러지 않았어요. 절대로!"

순간 정적이 흘렀다. 미연이는 이렇게 벌겋게 흥분한 얼굴로 단호한 어투로 언성까지 높여가며 이야기하는 보연이의 모습을 처음 봤는지 당혹스러워 했다. 그리고 문이 쾅 닫히고 보연이는 무너져가는 건물에서 탈출하듯 재빠르게 달려 나왔다. 아파트를 나와 골목길에서 한참을 고민했다. 손가락으로 112를 꾹꾹 눌러 놓고는 통화버튼을 누를까, 말까, 누를까, 말까. 그 상황에서 보연은 세상을 잘은 몰라도 그 어렴풋이 알 수 있었다.

'이걸 누른다고 세상이 바뀔까? 그들이 처벌을 받을까? 아니 그보다도 사람들이 내 이야기를 들어줄까? 아니 믿어줄까? 내 편을 들어줄까?'
결론은 결코. 아니었다.

'결국은 일만 커지고 미움만 받고 우스움만 사겠지…'

뒤죽박죽 엉켜버린 생각에, 마음에, 그렇게, 길가에 바보같이 서서 아무런 결정도 내릴 수가 없었다.

그렇게 요망하게 쓸쓸했던 하루는
그녀에게 깊은 상처를 남기고,
세상은 아무 일도 없었다는 듯이
또 그렇게 계속해서 흘러 간다.

다음날, 그 문자

"아저씨, 말보로 초록색으로 주세요."

유리는 담배를 들고, 밖으로 나와 최대한 후미진 골목을 찾아본다. 이 동네는 참 후미진 골목 찾기가 힘들다. 골목에도 여기저기 죄다 cctv에 외제차들이 즐비해 있고 어디서고 담배 하나 맘 놓고 필만한 곳이 없다. 그래도 최대한 후미진 골목으로 찾아내서 연신 담배를 피워댄다. 한 개, 두 개, 세 개. 늦여름이라 그런지 열기가 약간 식은 바람이 머리칼을 간질간질하게 만든다.

'이거 내가 진짜 좋아하는 바람인데...아 일하기 싫다. 들어가기 싫어...암껏두 안하고 그냥 누워만 있고 싶어...근데 그럼 굶어 죽겠지..월세도 내야하고'

유리는 담배를 피며 피식 웃음이 났다. 고급 동네, 고급스러워 보이는 가게들. 그 길가 라인에서도 제일 화려해 보이는 문을 가진 가게 쪽을 바라보며 연신 뻐끔뻐끔.

후, 여자가 나까지 4명 온다고 했나? 남자는 몇 명 온다 했지? 3명인가? 2명이었던가? 맘에 안 든다 해도 차비는 챙겨주겠지? 그래, 언니가 일단 어느 정도는 꼭 챙겨 준 다 했으니까...믿자 믿어. 아니면 사정해서라도 받아야 지. 휴...

비장한 결심을 한 듯 그 화려한 문으로 들어가는 유리. 가자마자 화장실로 들어가 거울을 보며 지금 모습을 체크 중이다.

'그래, 내가 아까 까지는, 여기 들어오기 전까지는, 골목에서 담배 좀 피고 들어오셨지만은 지금은 사랑스러운 여자친구 모드로 장착해야지. 머리, 옷 상태는 이 정도 면 됐고, 얼굴은...입술이랑 팩트 좀 다시 발라야겠다.'

그때, 화장실에서 물 내리는 소리가 들리며 나오는 여자. 오늘 이 자리의 주선자 언니다. 역시 머리에서 발끝까지 모두 명품을 입고 있다. 티셔츠와 귀걸이는 샤넬, 바지는 셀린느, 신발은 로로피아나를 신고, 시계는 당연 롤렉스를 껴줬다. 여자들은 짧은 그 찰나 안에 그 어찌나 스캔이 빠른걸까.

"언니, 안녕하세요. 일찍 왔네요?"
"어머, 유리도 일찍 왔네? 근데 우리 너무 오랜만 아니니? 그때 봄에 윤회장님하고 밥 먹은 게 마지막이었나?"
"아...그랬을 거예요. 언니. 아! 우리 근데 거기! 저번에 언니 그 역삼동 네일 샵 앞쪽에서 마주쳤잖아요! 맞죠?"
"아... 맞네맞네. 그랬네. 나 네일 하고 나와서 택시 기다릴 때 마주쳤구나? 그때."
"맞아요. 언니 진짜 거기서 딱 마주쳤었네."

유리는 알고 있다. 언니의 말이 거짓말이라는 것, 언니는 평상시도 유리랑 이야기할 때 엉성한 거짓말을 가끔 하는 편인 것 같다. 상황 모면하는 기술은 언제부터 생겼던 것일까? 아마 여러가지 상황을 겪으며 살아오면서 터득했을 수도 있다. 한 달전쯤 언니와 마주친 곳은 역삼동 모텔촌이었는데, 유리는 학원 끝나고 집으로 가는 길이었다. 비교적 월세가 저렴해서 인지 그쪽 지하에 있는 학원이 있었다. 그곳을 가려면 꼭 그렇게 모텔 골목 쪽을 지나가야 했다. 그러던 길에서 언니를 마주쳤다. 언니와 마주친 그 대각선 건물에는 실제로 3층에 네일 샵이 있긴 했다. 하지만, 유리는 저 멀리서 걸어올 때부터 어떤 나이든 아저씨와 언니가 모텔 건물 쪽에서 나오고 있는 것을 보았다. 아저씨는 먼저 인사하고 기사가 있는 지 차 뒷켠에 재빨리 타 버리고 언니와 서둘러 인사하는 모습을 봐 버린 것이다. 둘은 연인 사이 같았다. 어색함이 맴도는 씁쓰름한 인사를 하는 그런 연인의 종류의 그런 사이 같았다. 그날따라 언니에게 재수가 없었는지, 그날따라 차를 안 가지고 나왔고, 콜택시는 왜 그날따라 또 늦게 와서 아무튼 유리와 마주치게 된 것이다. 급하게 언니는 네일샵을 둘러댔지만 유리는 이미 봐 버렸고, 알아버렸다. 그래도 모른 척하는 것이다. 태연하게도.

어쨌거나 유리와 언니는 꼬불꼬불 바깥에 화려한 문과는 다르게 어두침침한 그곳 복도를 따라 걸었다. 이곳은 VV IP 들만 오는 곳이었다. 멤버쉽, 예약제, 비싼 술, 화려한 인테리어, 그리고 유리 같은 여자들이 제일 필요한 곳이었다. 제일 안쪽 끝 방 안으로 들어갔다.

그곳엔 유리의 비슷한 또래의 어디서 예쁘다는 소리는 꼭 한 번씩 듣고 다닐 것 같은 여자 두 명이 더 앉아 있었다. 그녀들은 먼저 서로 인사를 하고 어색하지만, 오늘은 같은 일을 하러 왔다는 동질감을 느꼈다. 그리고 '오늘 최대한 재미있게 놀아서 돈을 많이 챙겨서 윈윈하자' 라고, 말로 내뱉지는 않았지만 모두 거의 비슷한 생각을 하고 있었을 것이다. 아직 남자들이 오지 않았기에 술은 시켜 놓고, 까지는 않았다. 기다리는 동안 여자들끼리 앉아서 쓸데없는 이야기들로 시시콜콜 수다를 떨었다.
대부분이 어디 병원이 요즘 잘한다더라 하는 성형 이야기나, 이 옷 어디서 샀어요? 예쁘네. 하는 이런 이야기들이나 할 얘기가 별로 없으면 가끔 연예인 이야기도 했다. 그 연예인이 어떤 회장 만나서 얼마 받았다면서 어쨌다면서, 뭐 대충 이런 이야기들이었다.

삼십여 분쯤 그러고 있었는데, 그때 그들이 들어왔다. 남자는 세 명 들어왔다. 한 명은 주선하는 남자 동생, 그는 이곳을 자주 오는 단골인 듯했고, 두 명은 이동생을 따라서 오늘 처음 온 것 같은 눈빛이었다. 유리는 그들을 바라보다 그 중에 한 명, 승철이와 눈이 마주쳤다. 생생히 기억나는 첫 모습은 그의 모습 밖에 없다. 예상한 것보다 더 어려보이고 잘생긴 사람이었다. 승철은 키가 컸고, 머리스타일은 깔끔하고 평범했고, 쌍꺼풀 없이 눈동자가 좀 큰 눈과 높은 코, 선이 뚜렷한 입술을 갖고 있었다. 잘생긴 편이었다. 이런 요소들이 본인의 나이보다 더 어려 보이게 만드는 것 같았다. 승철은 유리보다 8살이 많았는데도 그래도 비슷하다면 그렇다고 할 수 있을 정도로 동안이었다.

유리는 예상한 것보다 어려 보이고 잘생긴 승철이에게 눈을 떼지 못했다. 게다가 톰브라운 셔츠에, 청바지를 입고 있었는데, 그게 너무나 잘 어울렸다. 승철은 자기들이 좀 늦었다고 미안하다고, 어색함을 깨려는 듯 환하게 웃으며 인사했다. 다른 여자들도 내심 승철이 쪽을 계속 힐끔힐끔 하는 것 같았다. 유리는 그 자리에서 괜히 마음이 조급 해지니 '에라 모르겠다' 라는 심보로 잘 못 마시는 술을 초반부터 계속 들이켰다.

불안감을 감추기 위해 그렇게 했다. 술 기운이 약간씩 알딸딸하게 오르니 용기가 생겼다. 유리가 화장실을 잠깐 다녀온 사이에 몇 살 어린 동생과 승철이 이야기를 하고 있었다. 그래서 왼쪽에 있는 다른 남자에게 일부러 친한척 말을 걸었다. 순전히 일부러.

"그럼, 오빠는 몇 살 인거예요?"

사실 하나도 안 궁금했다. 유리는 좀 전처럼 승철과 더 대화를 나누고 싶었다. 하지만 먼저 티를 내기는 싫었다. 아무튼 계속 그 안 궁금한 남과 의미 없는 대화를 이어 나가고 있었는데, 작전이 성공했는지 승철이가 계속 유리를 쳐다봤다. 유리가 다른 남자와 이야기하는 모습이 신경이 쓰였던 것이다.

"있잖아, 너...유리? 유리라고 했나?"
"아, 저요? 네. 유리요."
"본명이야?"
"네, 당연히 본명이죠. 왜요?"
"아...원래 본명들을 잘 안 쓰길래, 근데 너 아까 나랑 얘기하던 거 있었잖아? 그 복어 맛있는 집 리스트 알려준다며."

'뭐니 너, 진짜 그 맛집 리스트가 궁금한 거니? 아님 나랑 얘기가 더 하고 싶은 거니? 뭐니, 이 오빠 귀엽네....'
유리는 승철의 의외의 순수한모습에 더 끌려 피식했다.

"응, 알려 줄게 오빠. 담배 좀 하나 피고, 같이 필래?"

아까 편의점에서 산 말보로 초록색 담배를 꺼내며 귀에다 속삭였다. 승철이는 약간 놀랐다. 너무 매사에 당당해 보여서, 특히 방금 더 그랬다. 유리는 분명 느낄 수 있었다. 승철이 조금은 놀랐다는. 그리고 왠지 모르게 묘한 기류가 느껴졌다.

'남자는 가끔 이렇게 골려 먹을 때 귀엽다니깐.'

그때, 갑자기 승철이도 귀에다 속삭였다.

"그럼, 잠깐 나가서 같이 바람 쐬면서 필래?"

서로의 예상치 못했던 행동에 둘 사이 집중도가 더 높아진 것이 분명 했다. 승철은 그녀의 당당함에 압도된 것 같았다. 유리도 이미 승철에게 마음이 흘러가고 있었다. 둘은 잠시 담배만 들고, 그 화려한 문을 열고 밖으로 나왔다. 아까 유리에게 붙었던 그 열기가 살짝 식은 바람이 기분 좋게 불어왔다. 유리는 양쪽 볼이 핑크 빛으로 상기된 얼굴로 입에 담배를 입에 물고, 머리 끈으로 머리를 묶으려고 하고 있다. 그때 승철이가 라이터를 켜 유리의 얼굴 쪽으로 불을 가져다 댔다. 그런 그를 물끄러미 바라보았고, 굉장히 밀접해진 유리와 승철은 서로의 눈이 마주치자 숨소리마저 긴장감이 생겼다.

그는 그녀에게 불을 붙여 주는 것을 멈추고, 갑자기 머리를 한 손으로 부드럽게 쓰다듬더니 한 손으로는 입에 물고 있는 담배를 집어 바닥에 버렸다. 그리고는 그의 입술을 살포시 부드럽게 그녀의 입술로 향했다.

승철과 유리의 첫 키스, 이 모든 것이 자연스러웠다. 마치, 배우들의 대본에 적혀 있는 것처럼.

'그날 그들의 입맞춤은, 담배보다도 진했고, 밀도 있고, 강렬했고, 달콤했다.'
이후 그들에게 꽤 긴 시간 동안 수많은 이야기가 오고 갔다. 그리고 약간의 수줍은 키스가 몇 번 더 오갔고, 그 속에서 서로를 열렬하게 더 찾고 싶어했다. 그날 그 둘에겐 담배는 필요하지 않았다. 그리고 강렬하게 키스는 했지만 자지는 않았다. 왠지 그러면 안될 것 같았다. 좋은 느낌을 좀 더, 간직하고 싶었고.

특수한 곳에서 특수한 상태로 만나는 것이었기에 그런 것들이 그들을 한번 더 조심하고 생각하게 만들었다. 그리고 그것이 그 둘을 미적지근하게 했다. 그래도 그런 것들이 다 상관없을 정도로 달콤함을 가득 입에 문 채로 서로

가 서로를 원하는 그 상태, 그대로 따뜻하게 작별 인사를 했다. 유리의 집 앞, 그가 차 안에서 이제 내리려는 유리를 향해 말한다.

"잘 가, 내가 내일 연락할게."

그러고는 처음 만났을 때의 그 환한 웃음을 보인다. 그렇게 그들의 첫 만남이 시작되었다. 다음날 아침 일어나 보니 문자가 두통 와있었다. 하나는 주선자 언니가 어제 자리에 대해서 수고 했다고, 백만 원을 주겠다는 이야기였고. 다른 하나는 그에게서.

[잘 잤어? 어제는 너무 반가웠어. 너무...근데...네가 알지 모를지 모르겠는데, 내가 어찌 말을 꺼내야 하나, 나 사실 아들이 있어. 결혼도 했고. 가정이 있어. 먼저 이렇게 말을 해줘야 할 것 같아서. 너한테는 그래야 할 것 같

아서. 아무튼 일어나서 이거 보면 꼭 답장 줘. 내가 전화할게. 일단 우리 일단 티타임 하면서 이야기하자.]

서울의 밤 s의 다이얼로그

"나 그냥 초고추장에 회 찍어서 소주랑 먹고 싶어"
"여기엔 그런 거 없어. 일부러 그러지 너"
"진짜야. 지금 진짜 대방어 신선한 거에다가 초고추장 파 악 찍어서 고추 살짝 쓸어서 마늘이랑 같이 해서 쐬주에 먹고 싶단 말야."
"야, 너 이 샴페인 얼마짜린지 알아? 니가 지금 말하는 것들 다 합쳐서 지금 이거 한잔 값도 안될걸?"

성준이는 어이없다는 듯이 잔을 들고 좌우로 흔들어 보인다.

"너는 참……애가."

그리고 또 한번 어의가 없다는 듯 이번에는 잔이 아닌 고개를 좌우로 흔들어 보인다.

"여기가 우리나라에서 제일 비싼 호텔이야?"
"응, 그렇지. 저기 야경을 봐봐."

"이쁘긴 이뻐. 엄청 반짝반짝. 여기서 보면 온 세상이 다 반짝이는 것 같애. 딴 세상처럼."

"너도 반짝여. 그니깐 제발 쐬주, 초고추장 어쩌고 저쩌고 좀 하지 마라"

"왜? 내가 부끄러? 창피해?"

"아니, 그건 아닌데....."

"그럼 왜? 없어 보여? 난 원래 없는데? 있는 척하는 거 나 못해. 그러기도 싫구"

"넌... 진짜 웃기는 거 같애. 웃겨 아주"

"비꼬지마. 난 그냥 좀 솔직한 것뿐이야."

"얼굴은 반반한데 돈은 없고 자존심은 또 드럽게 쌔고."

"그만해라. 너 술 취했니?"

"아, 그래서 뭐 어쩔 건데, 나랑 할 거야 말 거야."

"니가 이딴 식으로 나오는데 뭐가 이쁘다고. 나 지금 기분 나빠."

"그럼, 네가 좋아하는 돈 줄게 . 한 번 하자."

"하...... 참나...미쳤네 이 새끼"

"왜 싫어?"

"아 그래? 그럼 얼마나 줄건 데? 사이즈 좀 되시나?"

"....... 얼마... 얼만데...?"

"못해도 한 장은 줘야지"

"백?"

"아니, 천은 줘야지. 역시 사이즈 하고는."

"알겠어. 줄게. 하자. 여기 최고급 호텔, 이 샴페인, 너랑 나, 딱 다 어울려. 내가 원하는 스타일이야. 그럼 콜?"

"거만해...넌 원래부터 그렇게 거만했지?"

"이게 내 매력이라 던데?"

"누가 그래? 생각 없이 헤헤 거리는 애들이나 그랬겠지"

"아, 빨리 하자. 나 니가 자꾸 이러니깐 더 하고 싶어 미치겠어."

"풋, 까고 있네."

성준과 수정은 이날 이런 이야기만 주주장창 하면서 호텔 라운지가 문 닫을 때까지 술을 마시고 또 마셨다. 그리고 수정은 계속 딸꾹질을 하면서 계속 술주정을 해댔다.

"아...어트으..케... 사랑을 돈으로 살 수 있냐고...아...씸... 근데 빡치는 게 뭔주...아냐.... 그럴 수도 있을 거 같다는 생각이... 요즘... 가끄음... 그런 생각이 들어. 아 빡치 게..."

허상

"이것 봐, 이것 봐봐."
"이게 뭔데?"
"얘는 맨날 인스타에 이런 거 올린다? 이거 함 봐바. 이 차 한 4억 하지 않아? 롤스로이스 아니야? 이것봐바. 아 이것도 얘네 찬가봐. 이것도. 차가 몇 대가 있는지 몰라."

말없이 한참을 인스타그램 피드를 둘러 보았다. 보고있는 내가 좀 바보 같다는 생각도 들었지만, 그래도 친구가 하도 부자라고 하길래 계속 보다 보니 좀 의문이 들긴했다. 아무리 부자라도 이게 가능한가? 매일 명품 옷에? 억대 차가 매일 바뀌고?

"그런데 이 사람들 뭐 하는 사람들인데?"
"나도 잘 모르는데 아버지가 엄청 유명한 사람인가봐."
"아, 그래? 진짜 부잣집 사람들인가 보네. 대단하다."
"부러워 죽겠어. 사실은 나 얘랑 전에 소개팅 했었단 말야. 그땐 이렇게 돈이 많은지 왜 몰랐지 내가? 아 진짜 아까워 죽겠어... 나."

"아 그래? 그땐 몰랐다고?"
"응, 그땐 이렇게 부잔지 몰랐지. 아님 와이프가 돈이 많은 건가? 아무튼 얘 인스타 볼 때마다 부럽고 배아파 죽겠어.. 나."
"그렇겠네...근데 모를 정도였다가 갑자기 이렇게 될 수 있나? 아님 너 만나기 전에는 티 안 내다가 갑자기 티 내는 건가? 아니면 갑자기 돈 번 거 아냐? 뭐 비트코인이나 주식 이런 걸로?"

계속 그가 올린 사진들을 신기한 듯 몇 개 더 눌러서 꼼꼼히 보았다. 아무리 봐도 화려한 인생을 즐기고 사는 건 분명했다. 아니라면 이렇게 그럴싸하게 사진까지 찍어서 올릴 수가 있는 걸까? 아무래도 자기것도 아닌데 이렇게까지 리얼하게 공개 할 수 없겠지. 나도 모르게 약간의 시샘이 일어나 아무리 의심을 해보려고 해도, 어쩔 수 없는 일이었다.

"어쨌거나 부럽네, 좋겠다..."
"아, 그니깐 이것 또 봐봐. 봐. 대박이지?"
"......."

어쨌거나 우리들의 부럽다스토리는 이렇게 마무리되고, 한 달 뒤쯤 됐을 때의 일이다. 고급 외제 중고차를 산다는 사촌동생 따라갔다. 동생은 이곳 사장님이 이 일대에서 비싸고 희귀한 외제 중고차 보유량도 제일 많고, 제일 유명한 사람이라고 했다. 중고차사무실은 처음 가봤는데, 차에 대해서 잘은 모르지만 딱 봐도 비쌀 것 같은 차들이 많이 보였다. 마치 고급 외제 차 박물관처럼 각종 컬러로 전 세계 각종 브랜드의 차들이 보였다.

"사장님, 혹시 이런 차는 얼마예요?"

그 남자는 '네가 살 거니?' 하는 약간 의아한 눈빛으로 웃는 건지, 비웃는 건지 알 수 없는 표정으로 말했다.

"그거, 4억 8천이요."
"네? 4억…8천이요? 이거 중고차 아닌가요?"
"이거 중고차지만 구하기도 힘들고, 원래 이 차가 지금 새 차로 가져오면 6억인데?"
"아…6억이요?… 와 진짜 비싸다. 근데 이런 차 사러 오는 사람들이 많아요?"
"이거 이렇게 두고 일주일안이면 나가는데?"

"아... 그럼...?"

더 물어보려다 사촌동생이 나에게 눈빛으로 그만하라는 신호를 보낸다. 그리고 본인이 사려는 차가 생각보다 비쌌는지 일단 집에 가서 생각해보겠다고 했다. 사장님은 사무실에서 차 한잔 드시고 가시라고했다. 우리는 쾌쾌한 분위기 속 사무실로 가서 앉았다. 일하시는 분이 종이컵에 차가운 녹차를 타서 주셨다. 사장님은 갑자기 누군가와 화를 내며 전화통화를 하고 있었다.

"아, 그니깐 그거 아니라니까요. 저희 그 사람한테 안 팔았어요. 아니, 가끔 차보러 와서 시승만 하고 가는데."

왠지 모르는 이상한 촉이 발동했다. 씩씩거리며 사장님이 전화를 끊자 다시 우리를 보고 영업용 미소를 띄우셨다. 나는 참을 수 없이 궁금해졌다.

"무슨 일이예요, 사장님?"
"아니, 어떤 남자가 차는 안 사고 맨날 보고 시승해 보고만 가는데, 몰랐는데 인터넷 어디에 자기차처럼 계속 사진을 올리나 봐요. 이 차들중에 어떤 애들은 전국에 몇 대

없는 차여 가지고 보면 딱 알거든. 티가 나는데. 아무튼 이거 때문에 진짜 곤란해 죽겠어요."
"아...정말요? 그럼 사장님... 혹시... 그럼 여기 이 사진 속 차들이 여기 차들인가요?"
"어? 이거? 어디에 있는 거예요? 우리들 차네. 죄다."

눈이 휘둥그레지는 사장님에게 이걸 어디까지 말을 해야 할지 순간 고자질하는 학생이 되는 기분이 들어서 찝찝해 졌다.

"아. 이거 그냥 인스타그램이라는 SNS를 하다가 우연히 봤는데..."
"아가씨, 나 이거 잠깐만 줘봐요..."

한참을 이것저것 보더니 사장님은 또 다시 씩씩거리며 전화통화를 하러 복도로 나갔다.

'내가 잘 한건가?... 그래도 뭔가 찝찝한데.'
그렇지만 나는 말을 해야만 했다. 그리고 친구한테도 중고차 사무실을 나가자마자 바로 전화해주었다. 친구는 제대로 충격을 먹은 듯했다. 처음에는 부인까지 하더라, 나보고 잘못 알았을 거라면서, 말도 안 된다면서, 아마 그게 거짓이라고 믿을 수 없거나, 믿기 싫은 게 아니였을까?

그 남자는 그냥 신비스러운 엄청난 부자남으로 남아 있어야 했나 하는 생각까지 들었다. 그래도 나는 중고차 사무실에서 있었던 일을 모두 다 상세히 말해주었다.

"그니깐 내 말은, 그렇게 부러워 할 필요는 없을 것 같다고. 나는 이건 아니라고 봐. 다 가짜인거잖아...화가 난다. 이런 허상을 보고 사람들이 부러워하고, 너처럼 자기의 평범하지만 열심히 사는 인생을 초라하다고 생각하게끔 만드는 거, 나는 화나는데? 진짜 웃기는 세상이다."

전화기 너머의 친구는 한동안 말을 못이었다. 충격을 받은 것 같았다. 그리고 이 말만 되풀이할 뿐 이였다.

"와...말도 안된다... 와..."

정말, 말도 안 되는 일들이 우리 가까이 도처에 있다. 어떤 사람들은 보여지기 위해 사는 것이다. 보여지기 위해서

그렇게 무리를 하며, 현실을 속이고, 사람들을 속이고,
나 자신을 속이는 것이다.

모두 다 의심할 필요는 없지만,

굳이 이 소중한 시간의 소중한 내 인생을 살면서
남의 인생을 그닥 부러워할 필요가 없다.

가까이서 보면, 깊게 들여다보면
'프로스콘스' 라고. 장점과 단점이 있기 마련이다.

너에게 나에게. 우리 모두에게.

나 보고 싶어?

[오늘 피곤했나보네.]
[응, 좀 그러네. 이제 슬슬 집에 들어가려고.]
[그래. 오늘도 수고했어. 얼른 들어가서 푹 쉬세요!]
[응응. 고마워.]

무미건조하게 톡을 주고받다가 왠지 모르게 갑자기 묻고 싶어 졌다.

[근데, 나 보고 싶어?]

이 말 안에 무수히 많은 의미가 담겨 있음으로 순간 톡을 보내고 살짝 후회가 됐다. 괜히 또, 뭐 하러 이런 걸 묻냐... 면서 나를 질책하고 있었다. 이 말은 꼭 나 아직도 좋아해요? 사랑해요?' 와 같은 의미를 갖고 있는 것 같았기에.

그에게선 한참 동안 답이 오지 않았다. 역시 괜한 걸 물었구나. 헤어지고 만나기를 반복한지 벌써 9년째. 사귀는 것도 헤어진 것도 아닌 이상한 사이에. 얼굴을 안 본지도 한 달이 되어가는데, 보고싶냐니. 대체 뭔 생각으로. 그렇게 충동적으로. 미친거냐. 이불킥을 해야 할 것 같았다.

그러다 생각 없이 핸드폰의 사진첩을 보다가 4년 전의 그를 발견했다. 여름이었기에 단추가 꽤 풀어져 있었고, 선글라스를 끼고 약간 무표정인 듯 미소 짓는 그를 발견하고는 잠시나마 그때의 공기를 가진 그곳으로 갔다가 왔다. 그러더니 보고싶어지려고 하는 이상한 기분이 들 것 같아서 마음을 훠이훠이 다른 곳으로 돌려버리려 했으나, 워낙 강렬했던 그와의 추억들이 또 하나씩 머릿속으로 마구 펼쳐져 버렸다. 안되겠다는 심보로 눈을 감았다. 그리고 '맘껏 생각하자. 생각인데 뭐 어때. 간만에 섹시한 추억의 초콜릿 까먹기나 해보자.' 하는 생각에 소파에 앉아 그렇게 추억 초콜릿을 하나씩 먹어가며 눈을 감았다. 그리고는 스르르 잠이 들어버렸다.

꿈에선 눈이 너무나도 예쁘게 오고 있었다.

'어쩜 눈이 이렇게 예쁘게 내릴 수 있을까' 하는 정도로. 눈이 예쁘게 하나씩 흩날리는 순간에 하늘을 향해

"나 보고 싶어요?"

라며 속삭이고 있었다. 나는 빨강 코트를 입고 있었다. 그렇게 있다가 공간이 바로 어디론가 훌쩍 건너 뛰어서 빨간 커튼이 있는 호텔 같은 곳으로 바뀌였다. 우리나라가 아닌 왠지 분위기가 유럽인 듯했는데, 그랑 나랑 옷을 다 벗고 아주 행복하게 자연스럽게 침대에 있는 것이 아닌가. 그리고 심지어 그와 서로 마주보며 얼굴을 가깝게 맞대고 있었다. 자고 있던 그가 눈을 살며시 뜨며,

"일어났어? 자면서도 보고 싶었잖어. 자기도 나 보고 싶었지?" 하면서 내 배를 장난치듯이 간지럽히면서 모닝 키스를 해줬다. 나는 그 입술의 감촉이 너무 생생해서 짙은 달콤함을 느끼고, 이것이 꿈이라는 것을 잠시 잊었다. 이 기분을 좀 더 느끼고 싶었다. 그런데, 갑자기

"띵동띵동, 띵동띵동띵동."

초인종이 요란하게 울려 댔다. 꿈에서 울리는 줄 알았다가 곧이어 스르르 잠에서 깨며 아쉽지만 지금 이 소리는 우리 집의 초인종이라는 사실을 받아들여야 했다.

'아 뭐지, 꿈까지 나오니깐 이상하네 정말. 며칠 전부터 계

속 영화 러브레터가 아른아른 거리더니, 그래서 무의식적으로 눈이 나오고, 그런데 그가 또 갑자기 등장하고.......'

이 이후부터 또 애써 눌러 놓았던 감정들이 들쑥날쑥 삐져나오기 시작했다. 그래서 물었을까.

[나 보고 싶어?] 라고.

톡을 하고 그 다음날 저녁이 되어서야 답장이 왔다.

[응, 보고 싶긴 해. 근데 만나기는 아직은 좀 그렇다. 내가 못 참을 것 같아서.]

[못 참는다는게 무슨말이야..] 라고 쓰다가 지워버렸다.

'못 참는다......'

이 말이 이리도 섹시한 말이었던가? 빨간 커튼의 호텔에 있었던 우리를 다시 떠올렸다. 그리고 아침 햇살 속에서 눈뜨며 인사하는 그가 떠올랐다.

꿈은 또 한번 흐릿흐릿한 수채화 같은 색채로
몽환적인 기억으로 재편집되어 아름답게,
그 장면이 기억되게 만들어.
'꿈이라는 것, 꿈 같다는 것. 꿈 속 같다'
이런 종류의 것들은 이렇게
예쁜 필터를 한 겹 씌워서 내 기억속에 안착되지.

그 때의 분위기 말고도 그 안을 이뤘던 나와 그, 혹은 그 공기, 촉감, 향, 분위기 그 모두를 말이다. 그래서 이렇게 꿈에 누군가가 나오면 그 사람이 좋아지거나, 특별해 보이거나, 좀 이상한 기분이 든다. 특히나, 마음 한 켠에 있던 사람이 등장하면서 감정은 몇배나 증폭된다. 지금이 딱 그러한 상황이라고. 나는 또 애써 마음을 다독이기 위해 서둘러 톡을 마무리 해야했다.

[그래 잘자. 난 먼저 잘게. 조심히 들어가구요.]

그리고 혼자 또 속삭였다.

"참지 말고 우리 꿈에서처럼 꼭 껴안고 자면 어떨까? 예전에 그랬던 것처럼...아니면 시원하게 그냥 한번 하면. 그럼 이 그리움이 좀 사라 질 수 있을까...?"

그는 결혼을 했고, 나도 결혼을 했다. 우리는 헤어지고도 이렇게 서로의 결혼을 지켜보며 연락을 끊질 못했다. 하지만, 서로의 결혼을 지켜보며 그 이후부터는 단 한번도 섹스를 하지 않았다. 하지만, 우정이라는 명목하에 밥을 먹고 술 한잔 먹고 이야기를 나눌 때면 너나 나 누구라고 할 것 없이 서로의 눈에는 섹스의 생각들로 가득했고, 그것들을 눈으로 읽을 수 있었지만, 애써 모른 척해왔다.

그리고 헤어질 때는 가끔씩 키스와 서로의 몸을 부드럽게 만지는 것으로 섹스를 하고 싶은 아쉬움을 달랬다.

그럴 땐, 한마디 말도 하지 않았다. 둘이 꼭 그래야만 하는 것처럼, 약속한 것처럼. 단 한마디도. 그리고 서로 집에 들어가는 시간부터는 연락을 하지 않는 것을 당연하게 생각했다. 이렇게 얼마나 계속될 수 있을지 모르겠지만, 우리는 이렇게 서로 상상속에서 몇번이고 섹스를 해댔고, 이것이 실제로 일을 저지르는 것보다는 죄책감을 주진 않을 것 같다며 애써 합리화시키는 듯했다. 아니, 그렇게 합리화했다. 덜한 죄책감.

그리고, 언제 터질지 모르는 이 욕망의 시한폭탄을 들고서 오늘도 집에 들어가기 전에 톡을 나누곤 한다. 다시 한번 말하지만 나도 결혼을 했고, 그도 결혼을 했다.

'우리는 섹스를 하지 않았지만, 이것은 정신적 불륜이 아니면 이것은 무엇이란 말인가?'
사실 정답을 안다. 다 나쁘다. 나도 그도. 나쁜 사람이라는 것을. 우리는 왜 이렇게 살고 있는 것인지, 모두에게 상처를 주면서. 그의 몸을 열렬히 생각 하다가도 어느새 또 사회적인, 관념 혹은 도덕적인 생각까지 들어 갑자기 섹시한 생각은 사라지고 슬퍼졌다.

그래서 오늘따라 남편이 늦게 들어오길래, 내가 전부터 찜해 놓았던 포스터부터 야시꾸리해 보이는 영화 한 편을 소파에 앉아서 봤다. 그 영화는 프랑스 영화였는데, 역시나 야하다기보다는 섹시했다. 성관계를 하는 장면을 그대로 보여주는 것이 아니라 교묘히 흥분된 배우들의 얼굴만 보여주고, 소리만 들리고, 그래서 더 상상하게 만들고, 섹시한 그 무드에 내가 더 녹아 들게 만드는 영화였다.

영화를 보면서 혼자 나의 그곳을 만지며 상상해 버리고 말 았다. 그가, 이렇게, 여기를, 촉촉하게, 부드럽게, 내 안에 들어왔다가 나갔다 하는.

얼굴이

그날은 일주일 중에서도 공강시간이 유난히 많이 비는 목요일이었다. 공강시간이 5시간 30분이나 된다. 학교 근처가 집인 친구들은 집에서 쉬다 오기도 하고, 차가 있는 친구들은 여기저기 다녀오기도 하고, 보통 애들은 밥을 먹고 카페에 가서 수다도 떨고 그러다가 대부분이 온다. 그런데 우리 학교는 특이하게도 이 시간을 더 알차게 쓰시는 분들이 계신다. 아침에 수업시간에서 봤던 친구가 공강 이후에 얼굴이 변해가지고 오는 경우가 더러 있었다.

"야, 너 얼굴이...왜..."
"아, 나 아까 공강시간에 얼굴 지방이식 하고 왔어."
"뭐? 지금 하고 왔다고? 아까? 오늘?"
"그래, 아까 수업하고 병원 갔다가 하고 왔어. 아 이제 살짝 아프네. 아 허벅지가 더 아파."

붕대 감은 허벅지를 가리킨다.

"아니, 얼굴에 한 거 아니야. 허벅지가 왜..."

"허벅지에 있는 지방 빼서 얼굴에 넣었어. 근데 지금 허벅지가 개 아파. 지방 흡입 아프다더니. 아프네."
"와, 대박. 나 어릴 때 내 뱃살 떼서 가슴에 붙이면 얼마나 좋을까 막 이런 생각한적 있었는데, 이제 진짜 할 수 있다는 거잖아. 와……"
"야, 요즘은 눈동자랑 목소리 빼고 다 할 수 있을 걸?"

친구는 마취에서 덜 깼는지 약간 격양된 상태로 머리에서 발끝까지 계속 손으로 휘저었다.

"다 돼. 다. 요즘은 다 돼."

정말이지, 다 변형이 가능한 세상이 온 것 같았다. 이런 일들이 자주 있었고, 특히 방학이나 긴 연휴가 지나면 우리 대한민국의 성형 기술이 얼마나 성장하고 얼마나 빨리 업그레이드되는지 매번 놀라고 또 놀랐다.
성형에 관련된 것들이 전혀 이질감 없이 나와 가까워져 있었다. 아주 일상적이고, 어쩔 때는 당연하고, 지겹기까지 했다. 나 또한 그렇게 자연스럽게, 부자연스러워지기 시작했다. 점점 변해가는 외모에 이게 이상한지도 인식하지 못한 채 계속해서 그렇게 나를 변화시켜가고 싶었다.

특히, 남자친구와 헤어지거나, 일이 안 풀리거나 우울해지 곤 할 때 병원을 검색하고 찾아보는 일이 많았고, 실제로 병원에 가서 작은 시술이라도 받고 나와야 기분이 풀렸다. 이건 그 당시의 나만 그런 것이 아니라는 생각에 전혀 이상할 게 없었다. 그렇게 내가 이상한지도 인식하지 못한채 어쩌다 부모님이나 친척들이 내 얼굴에 대해 이야기하는 것을 우연히 듣고 알게 되었다.

"아니, 얼굴이 왜 그렇게...원래도 예뻤는데..."

'원래도 예뻤는데......? 대체 뭐가 예뻤다는 거야. 그때는 이쁘다고 한마디도 안 했으면서. 괜히 저런 다니까?'

나는 그때 까지만 해도 그 말을 듣고 짜증이 났다. 아무리 거울을 봐도 잘못됐는지도 몰랐다. 그게 문제였다. 자존감 이 좀 떨어졌다 싶을 때, 괜히 울적할 때, 남친이랑 헤어졌 을 때, 이럴 때마다 외모에 대한 불만으로 계속 이어졌던 것이. 그리고 그 불만은 항상 성형을 생각하게 만들었다. 이러한 생각에서 시간이 좀 많이 흐르고, 좀 더 살아 보니 알겠더라. 외모에 집착하는 것은 그게 전부인 것 같은 세상에 속해 있을 때는 그것이 전부처럼 느껴지지만. 하지만 사실 더 중요한 것은 정신, 그 정신은 마음, 그 마음이 만들어내는 선택의 시간들. 그 시간들이 흘러가는 바람. 그것들의 물결 같은 흐름의 에너지인 것인데.

결국은 알았다. 얼굴을 성형한다고 내 삶까지 성형할 수 없다는 것을.

"진짜 중요한 것은 외모 때문이 아니야.
사실은 중요한 것은 에너지인데.
나의 에너지."

우아하지 않은 세계의 잔다르크.

나는 언젠가는 이 이야기를 할 줄 알았다. 나의 죽음에 관한 이야기를. 한때는 미치도록 열정적으로 삶을 사랑했었던 나였기에. 애석 하게도.

시간은 가끔 이렇게 걷잡을 수 없이 소용돌이처럼 그렇게 흘러가 한번 불이 붙어버려 멈추지 않고 계속 타 들어가 버리는 것처럼. 그렇게 순식간에. 나도 모르는 사이에. 무섭게도 그렇게.

나는 지금 받지 않는 26번째의 부재중 전화를 걸고 있다.

나는 이렇게 피폐해져 간다. 이렇게 쓰러져간다. 이렇게 무너지는 거다. 이 세상에 마치 처음부터 존재하지 않았던 사람처럼 이렇게. 안녕. 세상에 인사하고 간다.

차라리 누구를 붙잡고 울며 욕이라도 실컷 할 수 있다면 아무 생각없이 의식없이 그냥 원초적으로 털어내 버릴 수 있다면, 이렇게까지 되진 않았겠지.

하지만, 나는 도저히 누구를 만나서 이야기를 할 힘 조차 남아 있지 않다. 결국의 나란 인간은 만나면 그렇게 속이 썩어 들어가면서도 상대방을 의식하며 괜찮은 척을 할 것이고, 아무 일도 없다는 듯이 애써 웃어 보일 것이다. 원래는 나는 그렇게 부정적이고 어두운 인간이 아니라면서. 그렇게 애써 둘러댈 것이다. 아무리 친한 사이에도 나는 그럴 것이다. 그리고 애써 웃어 보일 것이다. 그게 나다. 이렇기에 더 아프고 곪아간다.

집 밖으로 나갈 수 없다. 그럴 수가 없다. 거실에 커다란 돌들이 가로 막고 있다. 그 돌들은 내가 옮겨 놓았을까? 누가 가져다 놓았나? 어쨌거나 저 돌들에 가로막혀 두려움이 번져간다. 이제 나는 나갈 수가 없다. 아무것도 할 수가 없을 것이다. 나는 짧은 시간에 너무 많은 것을 보았고, 너무 많은 것을 느꼈다.

컬쳐쇼크, 머릿속은 뒤죽박죽. 좀처럼 엉켜서 풀리질 않는다. 혹시 위대한 개츠비의 마지막 장면을 기억하는가? 수많은 세상을 경험한 글쓴이는 결국 아픔 속에서 그 무게를 감당해 가야했다.

나 또한, 미지의 세계로부터 달짝지끈하게 중독되어 버리는 그어떤 세계로부터 벗어나지 못하고 내 자신의 자아와 영혼과 소중한 무언가를 박탈당하는 것을 보고만 있었다. 방관했다. 젊음이란 이름 아래, 나는 예술 아래 있다고, 나는 예술을 하는 거라고, 애써 치부하며 이 비겁한 변명에 숨어 방관했다. 방관해왔다. 철저하게 방관해 버렸다.

그래서 나는 간다.
가야한다.
이제는.
저기 저 문 밖이 검부스름해지고, 나 또한 검붉게 물들어 간다.

<그대여,
저는 왜 사는겁니까,
왜 숨을 쉬고 있는 겁니까?
부모님은 대체 나를 왜 낳았습니까.
내가 잘 할 수 있는 게 있습니까?
그렇게 믿었던 시절은 대체 어디로 갔습니까?
시간은 왜 이렇게 빠르고
나는 왜 이렇게 나이만 들었나요?

대체 저는 뭡니까?
나란 사람은 무엇이란 말입니까.>

각종 거친 회상 들이, 후회 들이, 물음 들이 끝도 없이 밀려온다. 괴로워. 감기에 걸리면 콜콜대는 멈출 수 없는 기침처럼, 이런 생각들은 기침처럼 불현듯 찾아오고, 시도 때도 없이, 좀처럼 멈추기가 힘들어져 멈출 수 없는 기침처럼 다가와 내 숨을 조여온다. 마음이 쉴 새 없이 이런 생각들이 기침을 해댔다.

아, 난 가슴 속 깊숙한 곳이 독감에 걸린 거구나. 맞지?
응, 그리고 난 삶의 열망을 잃어버렸다.

잠 들 수 없는 새벽, 이 세상에 나 혼자만 깨어 있는것 같이 깊고 커다란 외로움속에서

'아 살아 있고 싶다. 많은 것들이 흘러 지나가. 미안하고. 고마웠어. 그런데 화도 나...왜 여기까지 온거지?'

설명하기가 어려운 밤들의 연속은 지금의 여기까지 날 이끌어 놓았다.

나는 그에게 또 전화를 걸었다. 그것이 마지막 전화였다. "뚜두두두...뚜두두두...뚜두두두..." 역시나 받지 않겠지. 또 지겹게 안내멘트가 나오고 자동 응답으로 넘어가 마지막으로 응답 없는 그에게 음성 메세지를 남긴다.

"나야. 잘살아라. 나는 간다. 우리 다음 생에는 절대로 만나지 말자. 제발."

전화를 끊고 왈칵 눈물이 흐른다. 멍하니 그렇게 몇시간을 앉아 있었다. 한참 뒤에야 이 상황이 이해가 갔다. 그에게 마지막 음성 메세지를 남기고 이 세상이 마지막이라 생각하니 이 모든 상황이 이해가 갔다.

나는 끝내야 한다. 이 고통으로부터.

몇 주전 구해 놨던 핑크빛의 수면제를 꺼냈다. 손바닥에 그 안에 있는 모든 수면제를 꺼내어 한 움큼 손바닥에 꼭 움켜쥐었다. 그리고, 집어 삼켰다.

그리고 잠이 들었다. 영원히 편하게 잠들기를.

그날, 내 인생에서 가장 파격적인 실수를 저질렀던 새벽의 그날 밤.

허나, 맞다. 난 살았다. 그러니 이렇게 글도 쓰고 있겠지.

그날 새벽. 그 약들을 몇번씩 토해내고, 병원에 실려갔다. 신께서 그대께서, 아직은 아니라며 삶을 다시 주신 것 같다. 다행히도.
그렇게 난 살았다.
시간이 지나면서 이런 생각이 든다.

그토록 고통 속에서 외쳤던 나의 인생의 물음에 답을 한번 찾아보라고, 기회를 주신 것이 아닐까.
그 여정을 가보라고.
다시 힘을 내서
그 답의 여정을 찾아 나서 보라고.
그런 것이 아닐까?

혹시,
겨울 끝과 봄이 붙어 있듯이,

가장 바닥은 희망의 시작점과 기묘하게 붙어있다는 것을
아시는가.

후회도 미련도 없는
어차피 이렇게 다시 시작된 인생.

나의 밑바닥 인생.

그렇게 밑바닥 인생이였던, 그 감정들이 만들어 준 선물
은 마음이다.

시련 속에서 힘들어 하는 사람들의 마음을 오롯이 느끼는
마음을,
생생하게 그 아픔을, 고통을, 느끼는 마음을 얻었다.

이 이야기를 털어 놓는 이유는, 동정 받기 위함도 내가 이
만큼 힘들었다고 토로하기 위함도 아니며 사실 나 조차도
확실하게 뭐다 라고 말할 순 없지만,

그저 내가 그 지옥 같은 시기를 어찌 지나왔는지 가끔 떠
올려 보았을 때, 그때의 나를 잊지 않으며 그런 시기를

거치고 있는 사람이 있다면. 제발 부탁이니 그래도 살아 달라고. 우린 반드시 살아야 한다고. 명백하게 호소하고 싶어서 인 것 같다. 요즘 위로가 트랜드라 다소 진부 할 수도 있겠지만,

우아하지 않은 세계의 앨리스가 아닌
우뚝 서 승리하는 잔다르크처럼.

나는 결코 쓰러지지 않는다.
당신도 결코 그러지 않을 것이다.
내 온 마음을 다해 지지할 테니.

이 이야기를 하고 싶어서. 그래서.

수 많은 사람들이 스쳐 지나갔다.
마치 바닷가에 셀 수도 없이
수 많았던 물결처럼
수 많은 사람들을 알기도 만나기도 듣기도 그렇게 스쳐 지나갔다.

기억이 나기도 때론 문득문득 생각나기도
불현듯 떠오르기도
혹은 아득히 머나먼 이야기처럼 기억이 가물가물하기도
기억이 아예 나지 않을 때도 있다.

희미하게 반짝이며,

이렇게
그렇게
스쳐 지나갔던 수많은 물결들.

그 모든 물결들에게.

같은 하늘 아래
동시대를 함께 살아가는 사람으로써
응원합니다.

그리고 위로하겠습니다.

솔직히 우리 너무 수고 많지 않나요?

<에필로그>

'많이 나아졌군.'

한 낮의 한가로운 쇼핑몰에 와서 꽤 깨끗하고 큰 화장실에 와 볼일을 보고 변기 뚜껑을 내리며 생각했다. 갑자기 든 생각이었다. 변이 나아졌다는 것은 아니고, 정말로 많은 것이 나아졌다.

작은 습관, 생각들, 사소한 하나하나가 조금씩 나아졌다. 아니 치유되었다고 말해야 할 것 같다. 그렇다면 치유는 어떻게 되는 것일까?

나는 이전까지 하루도 빠지지 않는 꾸준함의 힘을 몰랐었다. 별로 생각 해본적도 없고, 창의력은 갑자기 엉키고 설킨 영감속에서 불현듯 떠오르는 것 인줄 믿고 있었다. 그렇게 믿고 싶었다. 술이나 여러가지 관계 속에 취해서 하루하루 그것이 재밌는 삶이라 믿었다. 예술을 꿈꾼다는 이름 아래 숨어서 그렇게 살아왔다면 살아온 것 같다.

하지만 나는 매일 너무나도 다른 괴리감 속에서 고통스러웠다. 빛과 어둠의 극차가 점점 심해지는 것 같았다. 어떤 날은 밝고도 어떤 날은 어두운 이 차이를 나는 너무나 크게 받아들이고 괴로이 받아들였다. 자연의 이치를 받아들이지 못했다. 뭐가 문제일까? 열정을 갖고 열심히 살아왔는데, 한 순간도 헛투루 살려고 하지 않았는데, '대체 무엇이 문제였을까?' 궁금하고 답답했다. 그래서, 내가 기존에 살고 있는 방식을, 과정의 연결고리들을 조금씩 변화를 주면 어떨까 생각했다.

'매일 하나씩 좋은 습관을 시작해볼까? 먼저 매일 책을 한단락씩이라도 꼭 읽는거야. 그리고 하루 성경을 꼬박 읽어보고, 감사일기를 써보자. 하루에 5가지라 도 아무리 최악인 하루에도 무조건 숨쉴 수 있고, 하루를 무사히 보낼 수 있음에도 감사하는 감사일기를 써보자. 무조건 무슨 일이있더라도 말이야. 일단 이것부터 해보자.'
굳게 다짐했다. 하루도 빠지지 않겠다고 다짐하고 또 다짐했다. 촬영장에서 새벽 5시에 끝나도 숙소에서 졸리는 눈을 부여잡고 했고, 술이 취했어도 삐뚤빼뚤, 손글씨로 꾹꾹 참으며 써내려갔다.

매일, 하루도 빠짐없이. 했다. 이렇게 2년이란 시간이 지났고, 이 과정 속에서 신기하게도 이렇게 시작한 습관에 좋은 습관들이 복리이자처럼 불어났다.

'아침에 일어나서 기지개를 켜고 10분 명상을 하고, 10분 스트레칭을 하고 시작한다. 그리고 베게와 이불을 털며 "간밤에 저를 지켜주셔서 감사합니다. 따뜻하고 잘 잘 수 있게 해주셔서 감사합니다" 하고 주문을 외운다. 아침 루틴이 하나 더 이렇게 완성되었네.'

그리고, 10분씩 앱으로 영어회화를 연습하고, 요즘은 하루에 하나씩 소소한 일상을 블로그로 올리고 있다. 매일매일, 하나씩 꾸준히.

꾸준함의 힘을 이제 2년이 지난 후, 이제 조금씩 느끼고 있다. 잘 몰랐다.

'그냥 좀 좋잖아. 이렇게 하면.' 이 아니라

'정말 많이 나아졌군.'

나의 내면이 나에게 인정하고 있다. 거창한것도 아니고 아직 해낸것도 없다. 하지만, 사람에게 모두 자기만의 숙제와 자기만의 목표가 있듯이 나는 나의 끊임없는 외로움, 고독함, 우울함을 많이 떨쳐낼 수 있었다.
아직도 계속해서 수많은 갈등 속에서 헤매이겠지만, 이전보다는 조금씩 많은 것을 이해하는 법을 배워나가고 있다.

아직도 여유라는 것에 서툴긴 하지만, '여유라는 것이 무엇일까?' 진지하게 고민하고 의식해보기도 한다.

분명, 그러한 힘이 있다.

끊임없이 놓지 않고, 너무 큰 욕심보다는 작은 계획들을 지켜나가는 것을 보여준다. 나에게 타인에게.
이러한 과정들이, 나를 낫게 하고 있다.

자세히 들여다보면 이 같은 것 말고도 수많은 요인이 작용했겠지만, 이 하나하나의 소중함을 만들어내고 지켜내는 습관들이 선순환을 만든 것은 분명하다.

꾸준한 과정을 즐기고 있다.
꽉 막힌 악하고 선함의 이분법적 사고속에서 이해하고 화해하며 융통성있게 융화된 사고를 배워나가는 나의 인생의 여정기에 이 소설을 쓰는 작업들은 내이야기를 닮았기도, 내 주변 이야기를 닮았기도, 내가 건너건너 주변 이야기를 닮았기도.

혹은 상상 속의 그 어떤.
중요한 것은, 이것이 지금 내가 말하고 싶은 삶이자
이야기라고.

쉽진 않아도 많은 이들의 인생에
공감하고 응원하고 사랑한다.

지지한다. 진심으로.

우체통 그리고 편지

< 너무도 사랑했던 _____ 에게 >

To.

From.

1판 1쇄 발행 2023년 5월 8일

신지은 단편집

최적의 균형

지은이 | 신지은
펴낸이 | 신지은
표지디자인| 김승수
교정, 교열 내지 디자인 | 이용현
펴낸곳 | 꼬마의 마음
전자우편 | inewmorning@naver.com
인스타그램 | @harang9

ISBN 979-11-982742-7-4 03810

* 이 책의 판권은 지은이와 꼬마의 마음에 있습니다.

* 이 책 내용의 전부 또는 일부를 재사용하려면 반드시 양측의 서면 동의를 받아야 합니다.

* 이 책의 맞춤법과 띄어쓰기는 작가의 의도에 따라 살려 편집되었습니다.